ハヤカワ文庫JA
〈JA1459〉

機能警察　暗黒市場

〔上〕

月村了衛

早川書房

8600

目次

下巻目次

登場人物

［警視庁］

沖津旬一郎……………………特捜部長。警視長
ユーリ・オズノフ……………特捜部付警部。突入班龍機兵搭乗要員
姿俊之…………………………特捜部付警部。突入班龍機兵搭乗要員
ライザ・ラードナー…………特捜部付警部。突入班龍機兵搭乗要員
城木貴彦………………………特捜部理事官。警視
宮近浩二………………………特捜部理事官。警視
鈴石緑…………………………特捜部技術班主任。警部補
由起谷志郎……………………特捜部捜査班主任。警部補
夏川大悟………………………特捜部捜査班主任。警部補
門脇篤宏………………………組織犯罪対策部長。警視長
渡会茂…………………………組織犯罪対策部第五課長。警視
森本耕大………………………組織犯罪対策部第五課捜査員。巡査部長

［警察庁］
小野寺徳広……………………………警備局警備企画課課長補佐。警視

［宮城県警］
生島真二郎……………………………刑事部長。警視正
堺宏武…………………………………刑事部組織犯罪対策局長。警視
平松良治………………………………警備部長。警視正
箕輪正晃………………………………警備部機動隊長。警視

［外務省］
久我直哉………………………………欧州局ロシア課首席事務官

［和義幇《フーイーパン》］
關剣平《クワンジエンピン》……………………………黒社会幹部
丁《ティン》……………………………………關の部下
張《チャン》……………………………………關の部下

アルセーニー・ゾロトフ……………ロシアン・マフィア。通称ティエーニ
イジャスラフ・ガムザ……………ロシアン・マフィア。ゾロトフの腹心
フランシス・セドラン……………武器密売業者
ムハンマド・アリー・アーザム…武器密売業者
ディヌ・クレアンガ………………武器密売業者
ホセ・デルガド……………………武器密売業者
但馬修三……………………………元警察官
吉岡功………………………………元警察官。但馬の部下
熊谷康晴……………………………元警察官。但馬の部下
ドミトリー・ダムチェンコ………モスクワ民警刑事捜査分隊班長
オレク・プリゴジン………………モスクワ民警刑事捜査分隊捜査員
リナト・シャギレフ………………モスクワ民警刑事捜査分隊捜査員
ゲンナージー・ボゴラス…………モスクワ民警刑事捜査分隊捜査員

ビティア・カシーニン……モスクワ民警刑事捜査分隊捜査員
カルル・レスニク……モスクワ民警刑事捜査分隊捜査員
エドゥアルト・バララーエフ……ロシア内務省組織犯罪対策総局密輸取締担当中佐
ゴラン・ミカチューラ……武器密売業者。シェルビンカ貿易代表
ミハイル・オズノフ……ユーリの父
マルカ・オズノワ……ユーリの母
ネストル・ゾロトフ……ゾロトフの父
リーリヤ・ダムチェンコ……ダムチェンコの妹
黄《ファン》……〈海《ハイ》〉の組織の構成員
ブラギン……ルイナクの〈副支配人〉

私の人生が異なる展開をたどったとしたら、こうした死刑執行人に成り下がる可能性はなかったのだろうか？　それほどことが単純ならよいのだが！　悪人どもがどこかで知らぬ間に悪事を働いているだけなら、彼らを乖離し始末してしまえば済むことだろうが。しかし、善と悪とを区別する線はどの人間でも心臓の中に分け入っているのだ。一体誰が自分の心臓を一片でも進んで切り取ろうとするだろうか？

——アレクサンドル・イサーエヴィッチ・ソルジェニーツィン

機龍警察　暗黒市場

〔上〕

第一章　契約破棄

0

年も押し詰まった十二月二十六日のことだった。白茶けた山裾の休耕地を前にして建つ栃木県警閑馬《かんば》上駒《かみこま》駐在所の机で、杉原《すぎはら》駐在所長は業務日誌を記していた。ストーブの上ではヤカンが湯気を立てている。仕事に没頭していた杉原は、湯気の音に混じって、かん高い風の唸《うな》りにも似た奇妙な音を聞いたような気がして顔を上げた。

ガラス戸越しに黒い影が見えた。裏山から駐在所の前へと続く一本道をこちらへと向かってくる。人だ。その影は不安定に揺れている。歩いているのではない。片足を引きずりながらよろめくように寒々とした道を小走りに駆けている。しかも裸足だ。必死に何かを叫んでいるが、ヒュウヒュウと空を切る喘《あえ》ぎばかりでまるで聞き取れない。風の唸りに聞こえたのはその音だった。

杉原は鉛筆を放り出し慌てて立ち上がった。外に飛び出して男に駆け寄る。

「おい、あんた」

男は杉原の前で力尽きたように崩れ落ちた。その顔面は青黒く腫れ上がり、乾いた血がスーツの胸に固くこびりついていた。

「ちょっと、しっかりして、何があったの」

抱き上げられた男は、酸素を求めて喘ぐように口を激しく開閉させた。その口の中を目にして、杉原は戦慄した。血だらけの口腔内に歯は一本もなかった。常軌を逸する暴行を受けた跡であるのは明らかだった。

「おおい、こっち来てくれ、早くっ」

駐在は背後を振り返って声を上げた。不定期の巡回を終えて奥で休憩していた巡査が二人、何事かと飛び出してきた。駐在所はもちろん本来の巡回コースに含まれないが、杉原の人柄を慕って立ち寄る若い警察官は少なくない。

時刻は午後二時を過ぎた頃。雪は降っていないが、地域集落の端にある閑馬上駒駐在所には裏山から冷たい風が吹きつけて、体の芯から凍えるような日であった。

「こりゃ酷い」「どっから来たんだ」

二人の巡査も男の様子に顔色を失っている。

「いいから早く中へ」

三人は男を抱えて駐在所へと引き返した。奥に運び込もうとしたとき、男は抵抗するように駐在の袖をつかんだ。

歯のない口が震えながら動いている。何かを言おうとしているのだ。

「なんだ、はっきり言って」

杉原は男の口に耳を近づけた。喉が潰されているのか、何を言っているのかよく分からない。

「大丈夫だから、落ち着いて話して」

「ほ、ん、しょ、く、は……け、い……」

しゃがれた声でそれだけ言い、男は大きく咳き込んだ。

ほんしょく。

三人は顔を見合わせた。〈本職〉。その一人称だけで、男が警察官であることが察せられた。

巡査の一人はすでに卓上の警電《けいでん》（警察電話）を取り上げている。

そのとき、男の下ってきた裏山の方から一台のトラックが砂埃《すなぼこり》を上げて猛然と突っ込んできた。その荷台側面がウイング状に開いていく。

振り向いた三人の警察官は、荷台内部から突き出された鋼鉄の太い腕を見た。

キモノ——

そう認識した三人が息を呑むより早く、鋼鉄の腕に固定されていた重機関銃が駐在所に向けて発射された。

ガラス戸が粉々に破砕され、壁が吹っ飛ぶ。怪我人の男と駐在の頭部が消失し、警電の受話器をつかんでいた巡査の手首が引きちぎられた。

トラックは駐在所の手前で停止し、さらに凄まじい銃撃を加え続けた。木造平屋建ての駐在所は消し飛ぶ如くに倒壊し、駐車スペースに置かれていたパトカーも無残なスクラップと化した。

およそ三十秒後、トラックは荷台のウイングを閉じながら市中心部の方へと走り去った。前後して降り始めた雪が、現場の路上に残されたおびただしい数の空薬莢を隠していった。

通報を受けて急行した佐野署員、及び栃木県警本部の機動捜査隊員は、現場の惨状に声を失った。駐在所とパトカーだけでなく、隣接する民家も半壊に近いありさまだった。建材やガラス片に混じって飛散した人体の各部。隣家の残骸の下からは、居合わせた老夫婦と小学生の孫二人の遺体が見つかった。

現場周辺での聞き込みによって、事態の推移は大方判明した。住宅街の中心から畑を挟んで飛び地のように外れた場所で、十数戸の民家がまばらに建つだけの地域であったが、近くに複数の目撃者がいたのである。

駐在所に向かって怪我をした男が走ってきたこと。杉原巡査部長らが男を駐在所に運び込んだこと。そこへ男を追いかけるようにやってきたトラックが駐在所に向かって銃撃したこと。トラックの荷台から突き出された機関銃は、機甲兵装らしきものが操作していたこと。そして、トラックの運転手は確かに日本人ではなく、白人らしき外国人であったこと――

さすがにトラックのナンバーまで覚えている者、現場を携帯端末等で撮影していた者はいなかった。

目撃情報により車種は判明している。その追跡と現場の捜査とを困難にしたのは、犯行直後から降り始めた雪だった。

逃走したトラックは県道六六号から一七五号もしくは一六号に移動して渡良瀬川を越え、館林市方面に向かったものと推測されたが、現在のところ検問にそれらしき車輌は引っかかっていない。

杉原駐在所長の夫人と中学生の娘は外出中であったため難を逃れたが、事件発生の三十分後に帰宅した際、現場を管理する佐野署員の不注意から二人はかつて夫であり父であった人の一部を目にしてしまった。母娘《おやこ》はともに激しいショックを受けて昏倒《こんとう》した。

身許不明の裸足の男は一体どこから現われたのか。この地方では珍しい雪の降り積もる中、付近の捜索に当たった栃木県警の捜査員は、裏山斜面の笹藪《ささやぶ》の中に人の通過した新しい痕跡があるのを見出した。男は笹藪の斜面を滑り降り、閑馬上駒に続く林道を下ったらしい。林道は県道と合流しており、そのまま進めば集落の端に位置する駐在所の前に出ることになる。

地元では空山《からやま》と呼ばれる地域の山中を徹夜で捜索した栃木県警は、翌日未明に不審な建造物を発見した。

建物の中を照らす捜査員達のマグライトの光に浮かび上がったのは、被害者のものと思われるコートと靴、それに散乱する歯と爪だった。

回収された八人の遺体及び遺体の断片は、栃木県警より委嘱されている獨協医科大学に移送され、司法解剖が行なわれた。それは解剖というよりパズルに近い困難なものとなった。また銃撃を受ける前に暴行されていた身許不明の男の解剖は特に入念に行なわれた。

遺体は複数にちぎれているばかりか原形をとどめていない部分もある。執刀は異例の長時間に及んだ。

担当した法医学講座の増岡《ますおか》教授は、男の受けた暴行のあまりの凄惨さに言葉を失った。

全身に殴打によるものと思われる紫斑。

両手指足趾《りょうしゅしそくし》の爪、なし。ペンチ等で一枚ずつ剝離されたものと推測される。口腔内の歯も同様。

左手指は全指《ぜんし》遠位《えんい》指《し》節間関節《せつかんかんせつ》（第一関節）から骨折。

長時間にわたる監禁、拷問の痕跡が明瞭に残されている。解剖医を二十年以上も勤めてきた増岡教授がこれまで検分した中で、最も非人道的な事例であった。

男の内臓部――死亡前に破裂、損壊していたと推察される部位を含む――を確認していた教授は、切開された胃の中からピンセットの先で何か小さなものをつまみ上げた。

「なんだ……これは」

ステンレスの膿盆《のうぼん》に投げ出されたそれは、二センチ四方ほどの平たい金属片であった。

翌《あく》る十二月二十七日午後十時、警視庁組織犯罪対策部第五課の渡会茂《わたらいしげる》課長は、部長の門《かど》脇篤宏《わきあつひろ》警視長から一個のマイクロＳＤカードを示された。

「これは栃木のマル害《がい》（被害者）の胃から発見されたものだ」

渡会は顔を上げて上司を見た。栃木の駐在所襲撃事案はその時点で彼も把握している。

「もちろんこのまま入ってたわけじゃない。金属製の専用ケースに入れられた状態だった。中には男の音声が記録されていた」

門脇部長は机上の端末を操作して音声ファイルを再生した。

スピーカーから流れ出たのは、極度の緊張に早口となった男の声だった。ノイズが多く聞き取りにくい録音は二十秒ほどで切れた。

「安藤《あんどう》……」

渡会は目を見開いた。

「間違いないか」

門脇は部下を見据えて言った。

「はい。間違いありません、ウチの安藤の声です」

部長が重苦しい息を吐いた。

「指紋から遺体が安藤のものであることも確認されている。胴体とつながっていた片手の指紋だ。ご遺族にはまだ連絡していない。状況を見て俺から伝える」

そして門脇は絞り出すような声で、

「安藤は携帯にボイスメモを吹き込んで、内蔵のマイクロSDカードに保存したんだ。あいつはそのときどこか電波の届かない場所にいたに違いない。拉致される寸前、携帯からカードを抜き出してケースに入れ、咄嗟《とっさ》に飲み込んだ。相手に気づかれずメッセージを残すためにな」

渡会は凝然と上司を見つめている。むくんだ顔と太い猪首《いくび》が真っ赤になっていた。

門脇部長は俯《うつむ》くようにして再び深い息を吐いた。思いは同じである。

安藤捜査員が命と引き替えに残した情報。

部長はもう一度ファイルの再生ボタンを押した。安藤の声が低い音量で繰り返される。

《二月……ルイナク……マルチ……キキモラ……ドラグーン……》

ところどころかすれてはいたが、声ははっきりと言っていた――龍機兵《ドラグーン》と。

1

店内の中央に配されたテーブルの一つで、男は黙々とウォッカをストレートで呷《あお》っていた。決して割ったりはしないロシア人特有の飲み方だった。乱れた金髪。蒼白い顎には髭が伸び始めている。素面《しらふ》であれば清澄な湖を思わせるであろうアイスブルーの双眸《そうぼう》は、鬱屈と憤懣《ふんまん》のようなもので今はどんよりと濁っていた。歳は三十代半ばくらいか。眉根の皺の深さからするともっと上にも見える。

男はコートを脱ぎもせずに飲んでいる。それだけでなく、グラスを持つ手に黒い革手袋を嵌《は》めたままである。来店時にはすでに酔っていた。

ロシア人向けの店らしくユーロビート風のロシアン・ポップスが流れているが、ディスコではないので音量はさほど大きくない。それでも静穏とは言い難い環境の中で、男は尋常でないペースでグラスを口に運んでいる。

近づく者は誰もいない。けばけばしい化粧と装いを施した店の女達も。壁際の席に陣取った客達が彼に時折剣呑《けんのん》な視線を投げかけるだけである。

午後十時五十五分。遅番で入った新人のバーテンは、店内の異様な雰囲気と、次いでその原因である見慣れない客に気がついた。

「なんだ、あいつ。誰かの紹介か」

バーテンは母国語で古株の同僚に囁《ささや》いた。

同僚は無言で首を振った。六本木四丁目にあるその店は会員制で一見《いちげん》の客は入れない。雑居ビルの七階で看板や表札の類を一切出していないため、ふりの客も入ってこない。店の存在を知る者さえ限られているはずである。店内で話されているのはロシア語のみ。客も店員もロシア人。そして店に集う者のほとんどが何らかの形で法の裏道に関わっている。

「俺が言ってやろうか」

多少は場数を踏んでいるらしいバーテンがそう言って進み出ようとしたとき、同僚が小声で制止した。

「やめとけ。あいつは刑事《スィーシク》だよ」

バーテンは驚いたように黒手袋の男をしげしげと見た。確かに男は警察官特有の匂いを放っている。

「どうなっちまったんだ、この店は」

たまりかねたように客の一人が大声を上げた。周囲に向かって聞こえよがしに、

「さっきから臭くてならねえ。糞《サ》まみれの犬《バーカ》でもまぎれ込んでるんじゃねえのか」

黒手袋の男が黙ってグラスをテーブルに置いた。

挑発した客は面白そうに、

「聞こえたのかい。近頃の犬は言葉が分かるらしいな」

男はボトルを見つめたまま何も答えない。

一触即発の気配にバーテンが同僚を振り返ると、彼は声を潜めて言った。

「じっとしてろ。もうじきオーナーが来る」

彼の言った通り、間もなく厨房の方から三人の男達がやってきて、黒手袋の男を取り囲んだ。

「悪いが他の店に行ってくれ。俺の店じゃあ、犬に飲ませる酒はないんだ」

真ん中の太った男が言った。彼がオーナーであるらしい。他の二人は無言で黒手袋の男の背後に回る。

「あんた、ユーリ・オズノフだろ。知ってるぜ、元警官の人殺しだ。最低の悪党だって聞いた。祖国を捨てて逃げたと思ったら、日本の警察に再就職したんだってな。人殺しが警察官だって？　一体この国はどうなってるんだ」

他の客は全員が険しい目でオズノフと呼ばれた男を睨んでいる。

オーナーはさらに続けた。

「薄汚い犬が、残飯にありつけるとでも思ったか。変わらねえもんだな、民警《ミリツィア》の性根はよ。善良な市民から小遣いを巻き上げるんだ。俺はそんな脅しにびびったりはしねえよ」

「俺はもう犬じゃない」

ユーリ・オズノフがゆっくりと言った。依然としてボトルを見つめたまま。

「なんだって」

オーナーが訊き返す。

「警察は辞めてきた。ロシアでも日本でも、俺は結局警察官になれなかった」

その声には自らを嘲《あざけ》るような響きがあった。

オーナーが何か言おうとする前に、ユーリが顔を上げた。

「〈影《ティエーニ》〉につなぎを取ってくれ」

「ティエーニだと」

「ああ、東京にいるのは分かっている」

「正気か」

「ああ正気だとも、ノジニコフ」

オーナーは大仰な仕草で片眉を上げ、

「生意気に俺を知ってやがるのか」

「有名だよ。六本木界隈で最近のしてきた顔役と言えば誰でも知ってる」

「日本警察の犬なら知っていても当然か」

吐き出すように応じながらも、ノジニコフは少し気をよくしたようだった。

「あんたならティエーニとつなぎが取れるはずだ。礼は弾む」

「まさかティエーニを嵌めようってんじゃないだろうな」

「言っただろう、警察は辞めた」

「ティエーニほどの大物がおまえなんかに会うもんか」

「会う」

「どうして分かる」

ユーリは苦い笑みを浮かべてボトルをつかんだ。

「奴は俺の幼馴染《ドゥルーグ・ヂェーットヴァ》なのさ」

ノジニコフは目を見開いて相手を見た。動揺をごまかすかのように彼は慌てて念を押した。

「金を払うってのは本当なんだろうな」

「本当だ。だが払うのは俺じゃない」

「ふざけるな。じゃあ誰が払うってんだ」

「ティエーニだ」

ユーリはにこりともせずグラスにウォッカを注ぐ。

「奴は喜んで払うだろうよ」

一月七日、小伝馬町けいゆう病院外科病棟。病室のベッドの上で、由起谷志郎《ゆきたにしろう》警部補は思わず半身を起こした。

「本当か、夏川《なつかわ》」

「俺の聞いた限りじゃな」

「そうか……」

見舞いに来た夏川の前で、由起谷は表情を曇らせた。すっきりと整った眉目はそのままだが、数週間に及ぶ入院生活はさすがに彼の面上にやつれの翳《かげ》を落としていた。

身許不明のアジア人による中央署自爆テロに遭遇して全治五週間の重傷を負った警視庁特捜部の由起谷主任は、年が改まった今も入院生活を余儀なくされている。

壁際の棚の上には、見舞客が持ってきたらしい小さな鏡餅が置かれたままになっていた。まだ松の内だからおかしくはないが、それがかえって病室の薄ら寒さを増している。

「年明け早々だしな、さすがに驚いたよ。新木場じゃこの噂で持ちきりだ」

夏川の言う噂とは、ユーリ・ミハイロヴィッチ・オズノフ部付警部の解雇に関するものだった。オズノフ警部は年明けから出勤していないという。

「なにぶん噂だから本当のところは分からんが、厳密には解雇というより契約解除、いや、契約破棄といった方が近いらしい」

「どういうことだ」

勢い込む由起谷に、

「だから詳しくは俺にも分からん。城木《しろき》さんや宮近《みやちか》さんも何も言わないしな」

「そんな、誰かがクビになったら言うだろう、普通」

「さあ、なにしろウチは普通じゃないしな。外注の場合、どういう対応になるのか、見当もつかん」

二人は声を潜める。解雇にせよ契約破棄にせよ、警察官の退職が明らかにされない――外注であるか否かにかかわらず、相当〈よくない〉辞め方である。

「とにかく、官舎も引き払った後で、警部の転居先も分からないのは確からしい」

「やっぱり、あの日の一件だろうか」

由起谷の問いかけに、同じ捜査主任である夏川大悟《だいご》警部補は曖昧に頷いた。

昨年の十二月五日、すなわち由起谷が重傷を負ったその日、沖津《おきつ》特捜部長とオズノフ警部との間で、契約条項を巡る対立が表面化したというのである。

警察法、刑事訴訟法、警察官職務執行法の改正によって設置された新部局である警視庁特捜部は、その要《かなめ》となる特殊兵装『龍機兵』の搭乗要員として三人の傭兵と契約している。オズノフ警部はその一人であった。

「あいつらがウチと交わしてるっていう契約、ありゃあ相当ヤバイ内容なんじゃないか？そもそもだ、警察が外部から人を雇って突入部隊にするってこと自体、どう考えても普通の契約であるわけがない。法が改正されたにしろ、グレーゾーンに近い部分もあるだろう。龍機兵自体が機密の塊みたいなもんだし」

同じ特捜部ではあっても、生え抜きの警察官である捜査員達には、外注の傭兵である突入要員に対する忌避感を拭えない。話しながら夏川は、少し腰を浮かせて自分の座っているパイプ椅子をベッドの方に近づけた。

「どっちにしても命懸けの仕事だ。契約で揉めない方が不思議なくらいだ。大概は金の話になるんだろうが、突然の解雇でもあるし、今回はちょっと違う気がする。揉めたとすれば、金とは違う、もっと別の何かだ」

由起谷は暗い面持ちで夏川の話を聞いている。

「前に部長が言ってただろう、『命令に不服従の場合、理由の如何《いかん》にかかわらず契約は解除される』とかなんとか。オズノフ警部はやっぱり部長とうまくいかなかったんだ。隠し事だらけの部署だしな。それで契約を切られたんじゃないか。ウチの連中もいずれはこうなるんじゃないかと思ってたって言ってるよ」

元はモスクワ警察の刑事であったというユーリ・オズノフ警部には、モスクワ時代の体験によるものらしい根深い警察不信が明らかにあった。由起谷も夏川も、寡黙な警部が時折漏らす言葉の端々にそれを感じ取っていた。

「あの人は……オズノフ警部は、警察官として生き直そうとしていた……そんな気がする」

訥々《とつとつ》と由起谷は語った。

「そりゃあ、俺だって昔のあの人がどうだったかは知らないよ。聞いたこともないし、訊いたって話しはしないだろうしな」

夏川は黙り込んだ。目の前の温厚な親友が、かつては札付きの不良であったことを思い出して。過去を語ろうとしないのは、他ならぬ由起谷自身であった。

「警察が傭兵を雇うなんて、俺はやっぱり間違ってると思う。警察官としてのこだわりだ。それは今も変わっていない。でもな、あの人だけはなんとか警察官として生きてほしい……そんなふうに思ってたんだ……」

由起谷の抱える矛盾。誰よりも新しい警察を望みつつ、警察官特有の価値観を脱し得ない。それを知る夏川は、次に発すべき言葉を見出だせなかった。

指定されたのは総武本線亀戸駅近くにあるビジネスホテルのサウナルームだった。

午後八時二十五分。ユーリは裏通りに面したエントランスからホテルに入った。ロシア人らしいフロント係に料金を払い、タオルとバスローブを受け取る。フロントの男は慇懃《いんぎん》な上目遣いでユーリの顔を窺っていた。こちらの来店をあらかじめ知らされているのだ。

フロント脇の階段で地下に降り、薄暗い通路の突き当たりにあるロッカールームに入る。他の客は一人もいない。適当なロッカーの扉を開け、コートを脱いで備品のハンガーに吊す。チャコールグレーのスーツを脱ぎ、タイを外した。

全裸になり、サウナのドアを開ける。ホテルの規模にしては大きめのサウナだった。やはり無人である。奥に陣取ってじっと待つ。温度計は摂氏九十度を指している。

十分後、ドアが開き、長身の男が入ってきた。背丈も年齢もユーリと同じ。違うのは髪と瞳の色。黒く豊かな長髪は艶やかにうねり、黒曜石の瞳は光を放たずすべて吸い込む。

そして、全身に施された無数の刺青《いれずみ》。

それは彼――ティエーニがヴォルであることの証しであった。

『ヴォル』。あるいは『ヴォル・ヴ・ザコーネ』。

ヴォルとはもともと「泥棒」「盗賊」を意味する言葉だが、ロシアの裏社会ではある特別な意味を持つ。すなわち〈正統的犯罪者〉である。儀式や掟を堅持し、あらゆる法と権威に反逆する。ヴォル・ヴ・ザコーネ――〈掟ある盗賊〉。ブラトノイと呼ばれるロシアの無頼漢の末裔《まつえい》として、最も畏怖される者達が『ヴォル』なのだ。

その起源については諸説あり、一説には十九世紀半ばのシベリアやサハリンなどの流刑地の囚人であったともいうし、また十五世紀の農奴にまで遡《さかのぼ》るともいう。二十世紀初頭、レーニンのボリシェビキは一部のヴォルをチェーカー（秘密警察）に取り込んだ。スターリンもまた大量の政治犯が送り込まれたラーゲリ（強制収容所）の管理統制にヴォルを利用した。ヴォルの掟が厳密に確立したのはこの時期のラーゲリや監獄の内部であったのは間違いない。

冷戦下、フルシチョフ政権以降当局はヴォルを含む犯罪者の一群を、公式にはその存在を認めぬまま、反革命分子として弾圧した。共産主義体制はしかし官僚社会の底知れぬ腐敗を生み、ブレジネフの時代、ヴォルは汚職の洪水の中で蘇《よみがえ》った。そしてソビエト崩壊に至る八〇年代末から九〇年代にかけてあらゆるロシアン・マフィアが急激に成長した。ヴォルを中心とする組織と、それ以外の新興組織とが、世界中の闇に浸透したのだ。

「よう、〈灯火《アガニョーク》〉」

全身に刺青を持つ全裸の男は、奥に座っているユーリに向かいロシア語で呼びかけた。凍土を渡る風のような声だった。

「それは俺の名前じゃない」

無愛想にユーリは答えた。

「俺にはおまえのような通り名などない」

ヴォルとなるには厳しい資格審査がある。スホトカ（ヴォルの総会）で新たにヴォルと認められた者は、掟に従ってそれまでの姓名を捨て、新たに与えられた通り名《クリクハ》を名乗らねばならない。その名はただちにすべてのヴォルに通達され、認知される。

〈影《ティエーニ》〉。それが刺青の男に与えられた通り名だった。

「俺が影なら、おまえは光に決まっている」

「それはおまえが勝手に言っているだけだ、ゾロトフ」

「その名で呼ばれるのは久し振りだな」

ゾロトフは甘い目許に感慨とも自嘲ともつかぬ笑みを浮かべてユーリの左隣に腰を下ろした。

遠い昔にティエーニが捨てた名前――アルセーニー・ゾロトフ。

「日本に進出すればいずれおまえと出くわすこともあるだろうとは思ったが、こんなに早いとは思わなかったぜ。しかもおまえの方から俺に会いたがるとはな」

「…………」

「日本警察を辞めたってのは本当か」

「ああ」

ユーリは俯いたまま答える。

「日本の警察も、ロシアの警察も、結局は同じだった。上も下も腐ってる。俺達は使い捨てでしかない」

「相変わらずの間抜けだな。そんなことくらい、勤める前から分かりきってたはずだろう。世界のどこに行っても、腐ってない警察なんてあるものか」

「他に道はなかった。あのときの俺にはな」

ゾロトフは黙った。過去を想うように頷いて、汗の浮き始めた肩をこすった。

彼の両肩には一対の鷲の刺青がある。両手首には牙を剝く蛇。足首には狼。二の腕には赤い芥子《けし》の花束。胸には無数の十字架。腹には髑髏《どくろ》。背中にはキリル文字の経文。他に両肘、両膝、脇腹、尻、耳の裏、足の裏に至るまで、彼の全身は毒々しい文字や意匠で埋め尽くされている。

それらの刺青にはみな意味がある。鷲は正統なヴォルの権威を示し、髑髏は死をも怖れぬ度胸を表わす。両手の蛇は殺人、両足の狼は恐喝。そうした紋様の一つ一つが、持ち主の情報を伝えている。名前、生年月日、出身地、信仰、主義、犯罪歴。名前など個人を特定し得る情報を彫るのは、いつどこでのたれ死んでもいいという覚悟を示すため。また犯罪歴はヴォルとしての功績を誇示するためのものである。

いずれもヴォルのみが彫ることを許されたサインであり、激烈な痛みに耐えてまで己の体に消すことのできない証しを刻み込むという行為自体が、一般社会から逸脱した者の決意の表明に他ならない。

「それで、俺になんの用がある」

「商売を始めたい」

「商売？」

ゾロトフは隣に並んだユーリを横目で見た。

「ああ、おまえの専門業種だ」

「元刑事が今度は悪事の相談か」

相手の嘲笑にユーリは何も答えない。ただじっと乾いた木の床を見つめている。温度計は摂氏九十九度になった。

「おまえはやっぱり負け犬のままだ。みじめにへたばってやがる。え、アガニョーク？せっかくの名が泣くぜ」

「その名で呼ぶのはやめろ」

ユーリは初めて顔を上げた。摂氏百度。汗が異様に浮いている。

「俺はヴォルじゃない。通り名なんかないんだ」

「確かにおまえはヴォルじゃない。だがな、おまえには通り名を名乗る資格がある。この俺が特別に許可してやった資格がな」

そう言うなりゾロトフはユーリの左手首をつかんだ。

「放せ」

「これだ。ここに許可証がちゃんとある」

にやにやと笑うゾロトフの手を振り払い、ユーリはそれまで固く握り締めていた己の左の掌《てのひら》に目をやった。

そこには黒い犬の刺青があった。

2

さいたま市与野本町の駅に近い住宅街の奥まった一角に目指す家があった。古い建て売りらしい、三軒並んだ同じ造りの狭小住宅。その真ん中の家だった。足を止めた渡会は無言で連れの若い部下を振り返った。森本耕大《もりもとこうた》も生来の三白眼で上司を見る。同じく無言。

渡会は意を決したように玄関のブザーを押した。

応対に出てきた年配の女性に、渡会は自らの官職名と弔問《ちょうもん》の来意を伝える。客の二人が警察官であると知り、故人の母は下を向いて凝固した。

「お願いします、どうかお線香だけでも上げさせて下さい」

渡会は重ねて懇願した。だが母親は俯いたきり何も答えない。やつれた小さな肩が震えていた。

「お客さんか」

狭い玄関に面した階段の上から、小柄な老人が降りてきた。来客の持つ特有の空気に、老人はすぐに察したようだった。

「どうぞお入り下さい」

強い自制心の感じられる態度で、老人は二人を招き入れた。老妻は不服そうな上目遣いでちらりと夫を見上げたが、何も言わずに引っ込んで階段を上がった。

玄関に続いて四畳ばかりの台所。その奥に陽の射さない六畳間。そこにしつらえられた形ばかりの簡素な仏壇の中で、生前の安藤が笑っていた。私服の白いポロシャツ姿。制服の写真を避けたのは、警察に対する家族の抗議と思われた。

父親の老人は、来客に座布団を勧め、自分も膝を揃えて近くに座った。すでに定年を迎えて退職しているが、彼もまた元は警察官であった。

渡会と森本が遺影に向かって神妙に手を合わせていると、二階から咽《むせ》び泣く声が聞こえてきた。母親だった。押し殺したような泣き声がいつまでも続く。二人は身を固くしてその嗚咽《おえつ》を聞くしかなかった。父親もただじっと座して聞いている。

そこへ、ただいま、と声がして玄関から若い女性が入ってきた。片手にスーパーのレジ袋を提げている。二階から漏れ聞こえる母親の啜《すす》り泣きに立ち止まった女性は、仏壇の前の二人に向かって叫んだ。

「帰って下さい。兄に一体何をやらせてたんですか」

台所のテーブルの上にレジ袋を投げ出し、彼女は憤然と階段を駆け上がっていった。

警察官の父と兄を持つ娘だ。弔問客が警察関係者であるとすぐに悟ったらしい。

居たたまれぬ思いで渡会は暇《いとま》を告げた。

「じゃあそこまでお見送りしましょう」

渡会が辞退する間もなく、父親は先に立って玄関に向かった。

「あいつらの無礼は勘弁してやって下さい」

駅に向かって路地を歩きながら、元警察官の老人は言った。

「帰ってきた研一《けんいち》は、なにしろ人の形じゃなかったですから。手足がつながってさえいなかったですから。自分が悪いんです。あいつらにはずっと苦労させましたから。警察官の家族に苦労ばかり背負《しょ》わせる警察をもともとよく思ってなかったところへ、研一があああったんで、あいつら、すっかり参ってるんです」

渡会も森本も、その話を黙って聞いた。

「組対部長から説明はありましたが、詳しいことは教えてもらえませんでした。それが研一の任務だったんだと自分は分かりますが、あいつらには無理です。到底納得できるものじゃありません。どこの世界にそんな任務があるかって。正直言いますと、自分だって本当に納得しているかどうか。子を失った親の気持ちは、警察官だっておんなじですから。親として悔いがないと言ったら嘘になります」

そう語る老人の背筋は、すっと伸びているようで、同時にひどく疲れて縮こまっているようにも見えた。

「研一が警察官になるって言ったとき、自分も家内も口を揃えてやめとけ、やめとけって言ったもんです。でも、口じゃそう言いながら、自分はやっぱり嬉しかったです。小さい頃から生意気で、親を馬鹿にするばかりだったのに、こいつは父親の背中をちゃんと見ていてくれたんだなあって」

駅舎の近くで老人は立ち止まって頭を下げた。

「研一がお世話になりました。親の贔屓目《ひいき》でしょうが、自分はあいつを信じたいと思います。あいつは一人前の警察官になって、一人前の仕事をしたんだと」

上りの埼京線の車中、吊革を手に並んで立った渡会と森本は、ともにむっつりと押し黙って列車の振動に揺られていた。

北赤羽を過ぎた頃、車窓の外を見据えたまま渡会が言った。

「死ぬ気でやるぞ、いいな」

三白眼の視線を同じく窓の外に向けた森本は、ただ短く「ウス」とだけ応えた。


古いコンテナを積み上げて造られた壁の中で、身の丈四メートル近い鋼鉄の巨人が走り回っていた。真冬の寒々とした光の中、人体を模して設計された灰褐色の不恰好な巨人は、スクラップとなった自動車の山をウサギよりも俊敏に駆け上り、そしてさらに軽やかに下った。

ロシア製の第一種機甲兵装『ブーカ』である。

機甲兵装とは市街地でのCQB（Close Quarters Battle＝近接戦闘）を主眼として開発

された二足歩行型軍用有人兵器の総称で、第一種は最初期のコンセプトを受け継ぐベーシックな機体、第二種は第一種の発展型第二世代機、第三種はそれらの規格から逸脱する極端な改造機などを指す。

ブーカは比較的初期に普及したモデルでありながら、今も世界中の紛争地域で広く使用される機種であった。

廃車で囲まれた空間を、ブーカは走り、跳び、時に匍匐《ほふく》し、急に立ち上がって前転する。旧式とは到底思えないキレのある動きだった。

その様を、アルマーニのコートを着たゾロトフと十数人のブリガーダ（行動隊員、ロシアン・マフィア構成員）が遠巻きに眺めている。

茨城県石岡市内。県道四二号から分岐する林道に入り、空漠とした山中を車で十分以上も進んだところにその奇妙な空間はあった。俗に言う〈ヤード〉である。自動車解体作業場のようなものだが、盗難車の集積場所となっているほか、密輸入、不法就労など外国人によるさまざまな犯罪の拠点となっていることが多い。

見物するゾロトフらの前で停止したブーカの背部ハッチが、音を立てて開いた。

「凄いですよ、こいつは」

コクピットから立ち上がったスキンヘッドの大男が上気した顔で言った。イジャスラフ

・ガムザ。〈ティエーニ〉ゾロトフの腹心兼用心棒。元軍人で南オセチアやチェチェンで従軍したという。

ガムザはコンソール下のパネルを開け、マウントされている部品を引き出して接続ケーブルを抜いた。

「ICU一つでこんなに違うとは思いませんでした。レスポンスも安定してるし、モーターのトルクが一割は上がっている。昨日までポンコツだった機体が見違えるように速くなって、まるで第二種の新型に乗っているような感じでした」

コクピットから飛び降りたガムザがアルミの箱のようなものをゾロトフに手渡した。十センチ四方の正方形で、厚さはおよそ二センチ。一辺の側面にバスのコネクタが二本突き出ている。それがユーリの持ち込んだ〈商品見本〉であった。

ICU（Integrated Control Unit）とは機甲兵装の操縦操作に介在して実際の駆動を制御する電子部品のことである。動力系統はもとより、駆動機構から安全装置、吸排気系、燃料系統、油圧系、電装系、コクピットの環境系に至るまであらゆる機構と連携し、その動作を調整、制御。各部センサーからの情報を受け取り、状況に応じた最適な動作に置き換える。機甲兵装という複雑な装置が、人間の手足による粗雑な操縦でスムーズに動き回れるのはひとえにこのICUの賜物である。これがなければ、如何なる機甲兵装も立つことはおろか起動することすらままならない。当然どんな機種にも搭載されており、メーカーによって名称もさまざまである。しかし規格はほぼ統一されており、高い互換性が確保されている。このICUの性能如何で機体のパフォーマンスが大きく左右されるため、その設計やチューニングを専門とする業者も少なくない。

「なかなかの上物らしいな」

振り返ったゾロトフに、ユーリは無表情で頷いた。

「ドバイのIDEX（国際兵器見本市）に参考出品されていた次世代ICUと同じものだ。従来品と比べてTAT（Turn Around Time）が一桁違う。ただしこれはその非合法コピーで、シリアルからは追跡できない〈割れ物〉だ」

若いブリガーダの一人が興奮の声を上げた。

「それならユーチューブでデモを見たことあるぜ。片腕で倒立したゴブリンがM82でリンゴを撃つんだ。マジで凄かった」

ガムザが険しい目で手下を睨む。それに匹敵する以上の動作を、彼は今やってのけたばかりなのだ。

元軍人の眼光に、若いブリガーダははっとしたように口を閉ざした。

「どうやって手に入れた」

ゾロトフが訊いてくる。

「ロシアの警察と同じ手だ」

それだけでその場にいた全員が理解したようだった。捜査で押収した物資を密かに隠匿し、横流しする——警察の〈日常業務〉の一つであった。

「おまえがまた警官になったと聞いて、灯火《アガニョーク》が少しは昔の勢いを取り戻したかと思ったが、やっぱり腐ったままだったんだな」

「日本警察に義理はない」

「世界中の警察への腹いせか」

それには答えず、ユーリは相手を促した。

「どうする、いらないなら他の業者に営業する。早く決めてくれ」

ロシア人達が一斉に彼を睨んだ。ティエーニに対して許される口のきき方ではない。これだけの人数の肉体が発する殺気には凄まじいものがあった。対するユーリは一人である。ここで殺されれば、誰に知られることもなく死体はきれいに消えるだろう。実際に何人もが似たような山中のヤードで殺されているはずだ。

ゾロトフは視線で部下達を制し、

「ブツの場所は」

「教えられない」

ユーリを睨む男達の殺気が増す。

「口を割らせる手はいくらだってある」

誰かが言った。その言葉に誰もが頷く。

「やりますか、ティエーニ」

ガムザがゾロトフの許可を求めるように訊いた。

「いや、それにはだいぶ手こずるだろう。いくら腐ったとは言え、こいつは見た目以上に骨がある。そんな手間をかけるくらいならさっさと殺《や》るさ」

ゾロトフは手にしたサンプルのＩＣＵをユーリに返しながら、

「俺と組みたいのなら証明することだ。この先商売を続けていけるだけの充分な在庫があるってな。それと、一つ言っておくが、俺は同業者が幸運にありつくのを黙って見ているような間抜けじゃない。これを余所《よそ》に持ち込もうなんて思ってるんなら、諦めた方がおまえのためだ、アガニョーク」

アルセーニー・ゾロトフ――ティエーニ。彼の従事する業種は武器の密売であった。

「アガニョーク？　この痩せ犬はヴォルなんですか」

そう発したのはユーチューブを見たと言っていた若い男だった。

ゾロトフはガムザに向かって微かに目配せをした。

頷いたガムザが、いきなり若い手下を殴りつけた。鈍い音がして男は仰向けに倒れた。鼻血が冬の乾いた地面に吸い込まれる。

「こいつはヴォルじゃないが通り名を持っている。俺がつけた名だ。ただし、それを口にしていいのはこの俺だけだ」

倒れたブリガーダを見下ろしてゾロトフは言った。全員が無言で聞いている。木枯らしが耳障りな音を立てて廃車の合間を吹き抜けた。


新木場、警視庁特捜部庁舎。自身のテリトリーとも言える地下のラボを出た鈴石緑《すずいしみどり》警部補は、龍機兵整備の進捗《しんちょく》状況を報告するため庁舎最上階の部長室を訪れた。警視庁のスタッフジャンパーに地味なスカート。それは彼女が率いる技術班の制服ではない。技術班職員は皆思い思いの私服で勤務している。官給品である濃紺のジャンパーの機能性が気に入って、白衣代わりに愛用しているだけである。

執務中であった特捜部長の沖津旬一郎《じゅんいちろう》警視長に着席を促された緑は、少しためらってから、思いきって部長のデスクに歩み寄った。

「報告の前に教えて頂きたいことがあります」

机上の書類から顔を上げた沖津は、洒落《しゃれ》たデザインの眼鏡越しに部下を見た。

「何かね」

「オズノフ警部の件です」

ああ、という顔で沖津は軽く頷いた。

「スタッフの間で噂になっています。警部が解雇されたとか。私には技術班主任として龍機兵搭乗員の状況を把握しておく必要があります」

「オズノフ警部と警視庁との契約は破棄された。それは事実だ」

上司はあっさりと認めた。

緑は声を失う。あり得ない。憤然となって詰問する。

「隠していたのですか」

「隠してはいない。状況を正確に述べると、オズノフ警部の退職をどう扱うべきか、今まで検討していたのだ。辞職でもないし免職というのも微妙に違う。なにしろ契約破棄による警察官の退職は警察でも初めての例だからね。どういう説明をすればいいか。それがさっき決まったところだ」

「どう決まったんですか」

「説明はしないと決まった」

こちらの様子にはまるで構わず、沖津は続けた。

「契約は破棄された。それだけを伝える。契約の破棄に至った理由等については説明しない。機密に触れるおそれがあるからだ」

「どうして事前に私に教えてくれなかったのですか」

「必要がないからだ」

耳を疑う。必要がない？　一般の職場とは到底言えない特捜部であっても、龍機兵のシステムについて知る自分にだけは絶対に言っておく必要があるはずだ。なぜなら——

「オズノフ警部の龍髭《ウィスカー》はどうなったんですか」

従来型機甲兵装の規格を超えた『龍機兵』。その驚異的なハイスペックを可能としているのは、『龍骨《キール》』と呼ばれる中枢ユニットに組み込まれた統合制御ソフトである。そしてその龍骨と一対一で対応している専用キーが、各搭乗要員の脊髄に埋め込まれた『龍髭』なのだ。そのシステムは警察内でもカク秘（最上級機密）中のカク秘事項であり、知る者の数は限られる。技術班の最年少でありながら主任を務める緑は、そのごく少ない一人であった。

ユーリ・オズノフ警部は特捜部に三体配備されている龍機兵の一体『バーゲスト』の搭

乗要員を務めていた。もし彼が馘首《かくしゅ》されたのだとしたら、龍髭はすでに摘出されたはずだ。

「その質問には答えられない」

表情をいささかも変えることなく沖津は告げた。

本来はシステム制御工学の研究者だった緑は、データ収集の必要性からも、龍髭の摘出には当然立ち会うべきであり、それが自分の責任であると考えている。なのに摘出が行なわれたかどうかさえも教えられないとは。

「バーゲストの調整に支障が出ます。部長は龍骨‐龍髭のシステムを誰よりもご存じのはずでしょう」

「当面は龍髭なしでできる部分を優先して進めてくれ。新たな搭乗員の選定は早急に行なうので理解してほしい。技術班には候補者との契約が完了した時点で連絡する」

『龍機兵』を巡る機密の壁。機密と言えば聞こえはまだいい。実際はもっと奇怪で醜悪な事共である。緑はその一部を知っている。厳密には、三人の部付警部が警視庁と交わしている非人道的な契約条項の一部を。

改めて上司を見る。警察官らしからぬ瀟洒《しょうしゃ》なスーツ。整った顔立ちはしかし決して肚の底を悟らせない。元外交官の伊達男。キャリア官僚が警察庁から外務省に行くことはあっても、その逆は通常ないと聞いている。沖津旬一郎という存在もまた、緑には機密同然の不穏な靄《もや》をまとって見えた。

契約の全文は知らないが、察するに被雇用者側の都合で契約が解除できるほど紳士的なものではないだろう。破棄されるとすればそれは雇用主である警視庁の意思だ。

緑はオズノフ警部の日頃の屈託を心に浮かべ、ある意味よかったのではないかとふと思った。あれはやはり、まともな人間が交わすべき契約ではないのだと。


荒川区荒川二丁目。小学校に近い路地に面した古い店舗の前でユーリが足を止めた。

ゾロトフとガムザがしげしげと店を見る。

「ここか」

赤錆びたシャッター。褪色した看板。目を凝らして店名を判読すると、かつては機械部品を扱っていたらしいと分かる。二階の窓は打ち付けられた板でふさがれている。廃業してから相当の年月が経過していることは一目瞭然だった。店の両隣を含めて周囲には似たような寂れた景観が続いている。

「こっちだ」

ユーリは先に立って隣の家との合間の細い隙間を抜け、店の裏手へと回った。興味深そうなゾロトフと護衛のガムザはその後に続いた。

コートのポケットから鍵を取り出し、ユーリが裏口のドアを開ける。三人は土足で廃屋の中へと上がり込んだ。

黴《かび》臭い台所の先が路地側の店舗部分であった。十畳ほどの土間全体に段ボール箱が天井近くまで積まれている。廃棄を待つ不良在庫のように見えた。

ユーリは手近の一箱を足許に降ろして開梱した。ゾロトフがしゃがみ込んで中を覗き込む。そこに整然と詰められていたのは、昨日ユーリが持っていたサンプルと同じ新型ＩＣＵだった。

「これで全部か」

顔を上げたゾロトフに、ユーリは小さく首を左右に振った。

「倉庫は都内にあと三か所、東京近郊に五か所ある」

「場所は」

「言えない。俺の保険だ」

「いいだろう」

ゾロトフは頷いて、

「たいしたお宝だな。初の卸《おろし》としては上々だが、新規の入荷がないなら商品はいずれ在庫切れだ。そのときはどうする」

「それまでには調達の目途《めど》をつける。この業界のノウハウを学んでな」

「ヴォルの俺から〈盗む〉つもりか」

「そうとも言える」

真面目な顔でユーリが答えたとき、着信音がした。

ガムザが懐から携帯端末を取り出して耳に当てる。

「……そうか、分かった……いや、続けてくれ。どんなことも見逃すな」

何かの報告を聞いていたらしいガムザが通話を切ってゾロトフに向かい、

「その男の話は本当です。警察はクビになってます」

「確かか」

「はい。今のところ妙な点はありませんが、まだ信用できません。引き続き調べさせています」

彼らは警察周辺——あるいは警察内部——に確度の高い情報源を持っているのだろう。

ゾロトフはユーリを振り返って、

「悪く思うな。この商売は用心が第一だ」

「当然だ」

ユーリは淡々と言葉を続ける。

「俺はおまえと組む。だが昔とは違う。俺はおまえの手下になるわけじゃない。五分と五分の完全なパートナーだ。それ以外の条件なら話はなしだ」

五分と五分——不遜な口調のみならず、身のほど知らずな内容に、ガムザの視線が殺気を帯びる。

「返事は三日だけ待つ。それまでに決めてくれ。断ってくれてもいい。そのときは他の業者を当たる。気に食わないならどうにでもしろ。ゾロトフ、おまえが脅した通りにな」

ユーリは再び鍵を取り出し、入ってきた方へと身を翻《ひるがえ》した。

「もういいだろう。俺は適当に歩いてタクシーを拾う。おまえたちは勝手に帰れ」

隠し倉庫を出て二人と別れたユーリは、荒川中央通りを町屋駅の方向へと歩き出した。

しかしまっすぐに駅には向かわず、生協病院の手前で荒川七丁目の路地へと入り込んだ。煤《すす》けたような古い家並が続く路地の角を何度か曲がる。

歩きながら携帯端末を取り出し、手袋を嵌めたままの手で番号を押す。

その手を後ろから誰かがつかんだ。

「どこへかけている」

ガムザだった。

「女だ」

ユーリは憤然として答える。熊のような手で彼の携帯をもぎ取ったガムザがそれをゾロトフに渡す。

ゾロトフは携帯を耳に当てながらユーリに向かい、

「女か。名前は」

「仕事には関係ない」

相手が出た。

〈ユーリ？　心配したわ、今どこにいるの〉

女の声。日本語だった。ゾロトフは黙って携帯を切り、履歴を調べる。着信履歴はなし。送信履歴には番号が一つだけ。たった今かけたものだった。

「送信も着信もそのつど履歴を消しているのか」

感心したように言うゾロトフに、

「こういう場合を想定して番号は全部頭の中に入れている」

「頭の良さは昔通りか」

「取引先の番号を漏らすわけにはいかないからな」

「いい心がけだ。業界でやっていく基本はできてる……と言いたいところだが、まあ素人の発想だな」

　ゾロトフは表示された番号をガムザに示し、

「この番号から女の名前と住所を調べさせろ。仕事の早い〈業者〉にやらせるんだ」

　スキンヘッドの腹心が即座に自分の携帯を取り出して発信する。

　誰かに調査を命じている大男を横目に見て、ユーリは手首を痛そうにさすった。

「新規の仕事相手にはいつもこういうことをやっているのか」

「まさか。おまえは特別だ」

　ゾロトフはぬけぬけと答え、携帯をユーリに返した。

「女の家に犬の毛が一本でも落ちていたら、アガニョーク、おまえは終わりだ。この世ではもう二度と会えなくなるな」

　無言で携帯をしまい、ユーリはその場を去った。


〈合格だ、アガニョーク〉

　二日後、ゾロトフからユーリの携帯に連絡が入った。

〈おまえの言った条件で組む。おまえはアガニョークで、俺はティエーニだ。いつだっておまえは俺の半身だ〉

その声は風のように冷たく頰を刺す。そしてそれが心地好い。内容に関係なく、聞く者の心をいつも奇妙に高揚させる。

〈いいか、最初の取引は……〉

豊島区西池袋のホテル『グランドシティ』の一室で待っていた台湾人が、にこやかな笑みで訪れたロシア人を出迎えた。

「お待ちしておりました、ティエーニ。さあ、どうぞ中へ」

英語で愛想よく言った男は、ゾロトフ、ガムザに続いて入ってきたユーリを見て顔色を変えた。

「ティエーニ、そいつは……」

男は孫哲偉《スンチェウェイ》。台湾人の武器密売組織『流弾沙《リウタンシャ》』の幹部である。室内には他に孫の手下が四人。

警視庁特捜部は前年発生した「機甲兵装による地下鉄立て籠もり事案」捜査の際、犯行に使用された密造機甲兵装の入手ルート解明の過程で、流弾沙構成員を有力な容疑者としてマークした。流弾沙の方でも、特捜部の部付警部であったユーリの顔は把握している。

「心配するな、こいつはもう警察を辞めてる。今は俺のパートナーだ」

「ふざけるな」

孫の手下の一人が怒鳴った。

「そんな奴が信用できるか。商売をなんだと思ってるんだ」

「おまえこそ、俺を誰だと思ってるんだ？」

ゾロトフがゆっくりと英語で言った。

「俺はティエーニだ。こいつを信用するかしないかは俺が決める」

長髪の優男が、普段は目許の愛嬌に隠した生々しい獰猛《どうもう》さを覗かせた。台湾人達が黙り込む。

「この取引はなしだ」

ユーリはおもむろに口を開いた。

「孫さんの言う通りだ。犬とは取引できない」

ガムザが呆れたようにこちらを見た。場を仕切り、決定するのは常にティエーニだ。この男は自らティエーニの面子《メンツ》を潰す気かと。

「おい……」

何か言おうとガムザが口を開くより早く、ユーリは窓際に立っていた別の男を目で示した。

「その男は警察官だ」

全員が一斉に男を振り返る。彼の顔は、傍目にも分かるほど蒼白になっていた。

「本当か、許《シュー》」「おい、なんとか言え」

手下達が台湾國語で口々に男を問い詰める。だが許と呼ばれた男は小刻みに震えて答えない。

「そいつは確かに台湾生まれだが台湾人じゃない。警視庁組織犯罪対策部の畠中《はたなか》巡査部長さんだ」

ユーリは冷ややかに告げた。その口調に自ずと滲む明白な嫌悪が、自分自身に一際刺さる。

「おい許」

歩み寄ってきた孫《スン》の手下を突き飛ばし、男はドアに向かって死にもの狂いで逃げ出した。ガムザの横をすり抜けようとした瞬間、男の体は部屋の中央へと弾き返されていた。目にもとまらぬガムザの鉄拳であった。

鼻から血を噴いた畠中の体を、殺気立った孫の手下達が押さえつける。

「あんたらの情報はもう警察に筒抜けだ。その男はどこかで始末するんだな。気の済むようにしたらいい。畠中巡査部長も覚悟の上で潜入したはずだ」

倒れた男が血まみれの口を開けてユーリに吠えた。憎悪の罵倒らしかった。

「うるせえんだよ、犬が」

孫の手下が畠中の脇腹を蹴りつける。

「開業のサービスに助言するが、孫さん、あんた、早いうちに日本を出た方がいい。できれば今日中にだ。警察はすぐにでもあんたの逮捕に動く」

そう言い残してユーリは身を翻した。孫はただ押し黙っている。ゾロトフとガムザはユーリに続いて部屋を出た。

「おまえが警察を捨てたってのは本当だったんだな」

ホテルの廊下を歩きながら、ゾロトフは感に堪えぬように言った。

「信じていると言いながら、俺を信じていなかったのか」

皮肉でもなくユーリが返す。

「もちろん信じてたさ」

明らかに嘘だった。嘘と策略。臨機応変に相手の本性を試す。じっと観察し、敵と分かれば躊躇《ちゅうちょ》なく背中にナイフを突き立てる。ロシアの闇に生きるヴォルには当然のことだった。例外はない。たとえ相手が親兄弟であっても。

ユーリは気にする様子も見せず足を運び、旧知のヴォルと肩を並べてホテルを後にした。

た。

3

千葉県警から警視庁特捜部に正式な応援要請があったのは午前九時四十九分のことだった。

そのおよそ二時間前、千葉県警はかねて内偵を進めていた千葉市美浜区の物流会社の強制捜査に踏み切った。社屋ビル内に密輸された機甲兵装が隠匿されているとの確証が得られたためである。千葉地裁に令状を請求し、刑事部捜査第一課、組織犯罪対策本部及び第一機動隊を動員して万全の態勢で臨んだ。

しかし捜索は思わぬ事態を招いた。機甲兵装はすべて分解された部品のままという情報に誤りがあり、五機が組み立て済みで稼動可能な状態にあった。ビル内に潜伏していた不法入国のタイ人グループは商品である第一種機甲兵装『ケルピー』に乗り込んで抵抗した。最初に踏み込んだ捜査員はこれを想定しておらず、搭乗を阻止できなかった。五機は機動隊の包囲を蹴散らして逃走、一〇〇メートル先の日勝《にっしょう》製粉千葉倉庫に立て籠もった。

第一機動隊所属のＳＡＴがすぐさま出動したが、現場には製品の小麦粉が大量に保管されていた。突入を強行した場合、流れ弾などによって粉袋が破損し、小麦粉が倉庫内に飛び散るおそれがあった。閉鎖空間でそれだけの量の小麦粉が飛散すれば粉塵雲を形成し、爆発可能限度を超えれば容易に引火、爆発する。大気中で浮遊する極めて細かい粉塵は体積に対する表面積の占める割合が大きいだけでなく、周囲に充分な酸素も存在することとなり、燃焼反応に過敏な状態になってしまうのだ。いわゆる粉塵爆発で、石炭の微粉末をはじめ、小麦粉、コーンスターチ、砂糖などの食品、またアルミニウム粉末などの金属粉によっても発生する。

現場は住宅や小学校に隣接しており、またすぐ近くを京葉線が走っていた。このため京葉線は上り下りともに運転を停止。事態の早期解決が対策本部への至上課題となった。焦る千葉県警は、粉塵爆発への警戒を徹底するよう命じた上でSATの突入を承認した。

SATが設置されている都道府県警察のすべてに機甲兵装が配備されているわけではないが、成田空港を抱える千葉県警は、警視庁に次いで早くから第一種機甲兵装『ブラウニー』を導入している。

ブラウニー八機によるSATの突入を察知した五機のケルピーは、所持していた機関銃を乱射。保管されていた小麦粉の梱包が銃撃で次々に弾け、中身が倉庫内に濛々《もうもう》と舞い上がった。もはや火器は使用できない。

碁盤目状に整然と積み上げられた小麦粉の合間を素早く展開したSAT機が、隙を見てケルピーの一機に飛びかかった。ブラウニーに押さえつけられながらもケルピーは右腕部に固定された車載型機関銃MG3A1を発砲した。

次の瞬間、ケルピーとブラウニーは爆発の炎に呑み込まれた。

千葉県警及び警察庁は、通常の機甲兵装による制圧を断念せざるを得なかった。


午後十二時五十五分。幸町食品センターの駐車場に停められた特捜部指揮車輛から、特殊防護ジャケットを着た姿俊之《すがたとしゆき》警部が寒そうに降りてきた。三十半ばの精悍な顔。しかし無造作に後ろへ流した髪はほぼ白髪と化している。手には缶コーヒーを持っていた。

周囲の封鎖に当たっていた千葉県警の警官達は一様に足を止め、嫌悪感と好奇心とが入り交じった目で白髪頭の奇妙な男を眺める。彼らにとって特捜部の人間など同じ警察官ではあり得ない。ましてや契約で雇われた〈外注〉など。その排他性は警察官固有の本性であり、管轄外の特捜部に協力を要請せねばならなかった県警上層部の憤懣を現場の彼らも共有していた。

姿に続いて指揮車輛から出てきたのは、同じく特殊防護ジャケットを着たライザ・ラードナー警部だった。長身の白人女性。砂色の金髪にグリーンの瞳。だが表情らしきものはまるでない。彼女もまた特捜部と契約する傭兵の一人であるが、その身にまとう陰鬱な翳りのような気配は、姿警部とはまったく異なる意味で警官達の目を惹いた。

周囲の視線に構わず、姿警部はコーヒーを飲みながら同じ駐車場内のトレーラーへと歩いていく。そこには荷台から降ろされたばかりの立方体のコンテナが置かれていた。大きさはおよそ二メートル四方。そのコンテナを目にしたときから、その場にいた警官達は囁き合っていた――あの中に例の〈装備〉があるのだろうと。

ライザもまた少し離れた所に停められたトレーラーに向かって歩いていく。その横に姿が目指しているものとまったく同じ仕様のコンテナが置かれている。

コンテナの前で立ち止まろうとした姿は、何を思ったか、不意に踵《きびす》を返して背後にいた警官の一人に近寄った。

「ちょっと頼まれてくれないか」

「なんですか」

身構える警官をじっと見つめ、姿は鷹揚に言った。

「これ、捨てといて」

相手に否応なく空き缶を押しつけ、姿は再びコンテナの前に立った。

ロックが外れ、コンテナの前面と上部が自動的に開く。その中に小さくうずくまるような形で〈特殊装備〉が格納されていた。それを固定していた三本の油圧式アームが上部に伸び、人に似た装備の形態を明らかにする。

未分類強化兵装『龍機兵』。第一種から第三種まである機甲兵装のいずれの規格にも合致しない、第四種とも第五種とも噂される次世代機。

その一機、コードネーム『フィアボルグ』。猛々しい蛮人のフォルムを持つ鋼鉄の巨人は、姿を威圧するかのようにただ無言で佇《たたず》んでいる。

姿は後ろ向きになって、露出したフィアボルグの脚筒《グリーブ》に無造作に両足を入れた。ラッチが軍用ブーツの底を固定。弛緩《しかん》していたフィアボルグの脚部及び腰部が垂直に起立する。同時に脚筒内壁のパッドがシュッと音を立てて膨張し、姿の下半身を固定する。

「グリーブ・ロック確認。シット・アップ」

ハッチのグリップを引く。姿の上半身が定位置に移動する。前面ハッチ閉鎖。左右に来た腕筒《バンブレイス》に両腕を挿入し、先端部にあるコントロール・グリップを握る。

「ハッチ閉鎖、ハンズ・オン・スティック」

背中をハーネスに押しつけると、腕筒内壁のパッドが膨張し、固定されていたフィアボルグの腕が生を得た如くに展開する。同時に姿の頭部を覆うシェルが閉鎖され、内壁のVSD（多目的ディスプレイ）に外部映像が投影される。

「シェル閉鎖。VSD点灯。オンスクリーン・リーダブル」

オーバーレイ表示される各種情報。半透過スクリーンの奥でスキャナーが姿の視線を追い、脳の電位を検出する。BMI（ブレイン・マシン・インタフェイス）デバイスがそれを基準にスキャナーを調整。

「BMIアジャスト完了」

背筋が熱を帯び、痺《しび》れとも痛みともつかない感覚が姿の全身を走り抜ける。フィアボルグに内蔵された『龍骨』の回路が開かれ、姿の脊髄に埋め込まれた『龍髭』と連動したのだ。龍骨と龍髭は量子結合により連絡している。完全に一対一で対応するキーであり、姿の龍髭なくしてフィアボルグの操縦はできない。

「キール、ウィスカー、エンゲージ確認。エンベロープ・リミット5・0」

両腕、両脚、胴体各部のアジャスト・ベゼルが回転し、リコイル・トリム（抵抗）を調整。自己診断プログラムが異常の有無を走査する。

「最終トリミング完了。ステイタス・セルフチェック、オール・グリーン。PD1フィアボルグ、レディ」

ダーク・カーキを基調とする市街地迷彩。全高約三メートル。従来の機甲兵装より確実に一回りはスリムな機体。魂の乗り手を得て覚醒した巨人が、搬送用コンテナという檻から足を踏み出す。

シェル内壁の姿の耳許でデジタル通信音声が聞こえてきた。指揮車内の沖津部長だ。

〈こちら本部、ＰＤ１、ＰＤ３、速やかに所定位置に移動〉

「ＰＤ１了解」

続いて応答するライザの声も、シェル内の姿にクリアに聞こえる。

〈ＰＤ３了解〉

ＰＤ１、ＰＤ３とは、それぞれ姿の搭乗するフィアボルグ、ライザの搭乗するバンシーの作戦時コールサインである。

龍機兵の操縦はマスター・スレイブ方式とＢＭＩを併用している。脚筒に足を固定した状態で姿が走れば、その通りにフィアボルグも走る。姿はフィアボルグを素早く移動させながら、内心にこぼしていた。

こんなときに限って――

「こんなときに限って」

指揮車輌内で、龍機兵の反応と搭乗要員のバイタルをチェックしていた緑は思わず小声を漏らしていた。それが上司への批判に聞こえると気づき、緑は背中合わせに座った沖津をこっそりと肩越しに見た。

普段と同じくシガリロの煙がたゆたう沖津の背中にはなんの変化も見られない。聞こえなかったのか。ほっと息を吐きかけて思い直す。そんなことはあり得ない。茫洋としているようで、すべてを見逃さぬこの上司が今の一言だけ聞き逃したなど。緑は気を引き締めて再びコンソールに向かう。

〈こんなとき〉とは、オズノフ警部の解雇により突入要員が二人しかいないというときに他ならない。こんなときに限って、どうして厄介な事案が突発するのか。それでなくても龍機兵は三体きりなのだ。そのうちの一体が使用不可というのはあまりに大きい。任務の失敗は取り返しのつかない事態を引き起こす。しかも今は『バーゲスト』の性能が最も生かされる局面だというのに。

指揮車内の壁面に並んだディスプレイには、現場倉庫の状況を示すリアルタイム映像が表示されている。倉庫の出入口は三か所。その付近には被疑者のケルピーは見られない。倉庫の奥へと移動して身を隠しているらしい。

倉庫全体に広がる粉塵雲の濃度はもちろん一定ではない。爆発のおそれがあるのは爆発下限濃度に達した一角だけである。ＳＡＴのブラウニー一機を巻き添えにした先刻の爆発で燃焼した粉塵雲は酸素を使い果たし、一旦は落ち着いている。しかし気密されていない倉庫内ではそれも一時のことだ。酸素の供給も燃料の在庫も無尽蔵と言っていい。また銃撃戦になって小麦粉が舞い上がれば再び危険な状態となる。

〈ＰＤ1、配置完了〉

〈ＰＤ3、配置完了〉

スピーカーから姿警部とラードナー警部の声。モンテクリストのミニシガリロを左の指の間に挟み、沖津は冷静に指示を下す。

「本部よりＰＤ1、ＰＤ3へ。突入せよ」

マニピュレーター、ダガー・モード。姿はフィアボルグの右マニピュレーターで腰部サックに吊した特殊合金の黒いアーミーナイフを抜く。全長九〇センチ近い。最も使い慣れたナイフのスケールアップ・コピーである。

指示された南東の搬送口から内部に侵入する。高く積み上げられた粉袋の列で見通しはきかない。索敵装置及び欺瞞装置を作動させる。外周に沿って移動。猫のようにしなやかに、影のように音もなく。従来の機甲兵装に比べると龍機兵の走行音はないに等しい。

だいぶ収まったとは言え、内部にはまだ幾分か小麦粉が浮遊していて、白っぽくなった空間はさながら子供の悪戯《いたずら》の跡を思わせる。こんな所で発砲した無知な犯罪者は、罰を食らってすでにこの世から追い出された。道連れにされた警官はいいとばっちりだ。火器は絶対に使用できない。マズルフラッシュで簡単に着火する。それどころか打撃による火花も危ない。

難しい任務だった。やけを起こしたタイ人が再び発砲する可能性もある。仲間がすでに吹っ飛んでいるが、粉塵爆発の危険を理解しているかどうかも疑わしい。

こんなときに限って――

特殊作戦において参加する兵員数は状況に大きく関係する。いくら少数精鋭といっても、全部で三人というのはギリギリどころか通常ではあり得ない。龍機兵の性能がそれをカバーしていたのだが、よりによってユーリが抜けたときに。

ユーリの契約が破棄されたことは姿もすでに聞いている。が、詳細な経緯までは知らない。知ろうとも思わない。前線ではよくあることだ。警察に対するユーリの屈折した感情を考慮すれば、こんな事態は予想できなくもなかった――歴戦の兵士である姿はそう考える。

ユーリは繊細すぎた。それは兵士に必要な資質であるとも言えるが、その感性を強靱な意志へと転化できなければ意味はない。少なくともユーリの精神は、警官上がりの拘泥《こうでい》を脱し得なかった。ただそれだけのことだ。

チームのフォーメーションが崩れるのは相当に痛い。戦力の三分の一が失われたという単純な問題ではない。作戦の難易度さえ格段に上がってしまう。現に倉庫の出入口は三か所。こちらは二機。ユーリがいれば、三か所から同時に進入できたのだ。

それでも姿は黙って任務を受け入れた。実際には散々嫌みと皮肉を飛ばしたが。

民間警備要員——昔ながらの呼び方をすれば傭兵——には任務の拒否権もある。しかし、姿が警視庁と交わした契約では命令の拒否は一切認められていない。

前方に焼け焦げた機甲兵装の残骸。爆発によって破壊されたケルピーとブラウニーだ。

龍機兵の視界映像はリアルタイムで指揮車輌に送信されている。ディスプレイに映し出された無残なありさまに緑は嘔吐しそうになった。爆発の衝撃で歪んだブラウニーのハッチの下から、真っ黒に炭化した警官の遺体の一部が覗いている。

フィアボルグの視界映像は凄惨な爆発の跡を踏み越え、碁盤目状のルートを予定通り奥へと進んでいく。いつ爆発するか分からない薄闇の奥へ。動揺はまったく見られない。戦場慣れした者の揺るがぬ視点であり、精神だった。姿警部の戦歴について緑は詳しく把握しているわけではない。ただそっちの〈業界〉ではかなり知られた一流であると聞いている。特捜部でのこれまでの実績もそれを裏付けてあまりある。

一方、反対側の北西から進入したバンシーの視界映像も、正確に予定された経路を辿っている。むしろフィアボルグより速い。当然だろう。ラードナー警部はテロリストだ。それも処刑に特化した任務を数限りなくこなしてきた暗殺者だ。音もなく忍び寄って標的を始末する。その任務において彼女の右に出る者はいない。

バンシーの視界映像を追うとき、緑は常に抵抗感と拒否感とを抱いている。本能的な嫌悪感も。意識して冷静を保っているが、無意識下での反発を否定できない。

かつて緑は、ＩＲＦ（アイリッシュ・リパブリカン・フォース）のテロにより両親と兄を失った。そしてライザ・ラードナー警部が当時所属していた組織こそＩＲＦであった。憎んでやまないテロリストと身も心も一体化したかのように視界を共有する。まさにアンビバレンスそのものだ。この葛藤と屈折した高揚をどう表現すればいいのか、緑には見当もつかない。

〈こちらＰＤ１、倉庫中央で銃声〉

姿警部より入電。フィアボルグのセンサーの情報は指揮車でも捉えている。

タイ人はやはり自暴自棄になっているらしい。

最悪だ――

緑は呻《うめ》いた。立ち昇った白い粉塵が倉庫内を再び覆っていく。

「ターゲット・インサイト」

姿は淡々と報告する。

粉袋の列の合間に、怯えたように銃口を周囲に巡らせるケルピー一機を確認。ネズミが飛び出しただけでも飛び上がってMG3A1を乱射するだろう。やはり素人《アマチュア》だ。だが今は素人であるがゆえに最も危険な相手だ。残る三機の機影は二列向こうの裏に固まっている。数十秒の差で敵のセンサーもこちらを捕捉するはずだ。

〈本部より各機。十秒後に制圧。カウントダウン〉

耳許で沖津の冷静な声。信じるしかない。センサーと、ライザと、自分自身を。

倉庫内に立ち込める白い靄。爆発下限濃度まであとどれくらいなのか。

粉袋の壁にフィアボルグの機体を潜ませ、職業的自制心で姿は恐怖に耐えつつ待機する。

こんなときにユーリがいれば。

またも思う――バーゲストの駿足なら最も素早く、最も確実に獲物を仕留められるのに。

十秒後。粉袋の陰から走り出る。ケルピーが振り返り、銃口をこちらに向ける。それより早く、姿のフィアボルグが手にしたナイフを敵機肩部装甲の隙間に突き立てる。ケルピーが活動を停止する。

コクピット内のタイ人の血に濡れたナイフを引き抜き、即座に移動。二列先の通路に飛び込む。

振り返る三機のケルピー。そして音もなく彼らの背後に現われる白い影――ライザ・ラードナー警部専用機『バンシー』。純白に塗装された左右の前腕部装甲には短い鉄棒が溶接されている。槍のように鋭く尖ったその先端が粉塵の靄を裂いて流れるように動いた。飛びかかったフィアボルグのナイフが一機を仕留めるのと同時に、バンシーの手槍は別の機体の胴体部を貫いていた。

五メートルほど離れた位置にいた残る一機がMG3A1を撃つ前に、バンシーは左手の槍の先を相手に向けた。乾いた音とともに発射された槍が敵機の胸に深々と突き立つ。

すべては一瞬で決した。

バンシーの左の手槍は溶接されたものではなかった。相手の隙を衝いて射出する隠し武器。油圧式で腕のアクチュエーターからバイパスして作動させる。特捜部が前年押収した改造武器を参考に、技術班が試作したオプションである。

姿がさすがに息を吐いて報告する。

「PD1より本部、制圧完了」

ティエーニをボスとするロシアン・マフィアの本拠は、足立区綾瀬の一見雑居ビルにも見える小さなホテル『ドヴァレーツ』だった。

4

午後六時五十分。ホテルの二階にあるレストラン『ベーリク・リキー』の一番奥のテーブルで、ユーリとゾロトフは祝杯を上げていた。

さして広いとも言えない店内には組織の構成員が他に十名。それぞれ好き勝手に飲んで騒いでいる。すべてのテーブルの上にはロシア式のザクースカ（前菜）が所狭しと並べられていた。

宴会の最初にゾロトフは部下全員と乾杯した。ロシアの人間関係にウォッカは極めて重要な意味を持つ。互いに浴びるように飲み、腹の底を見せ合って初めて信頼が築かれる。ことに政治、経済、そして犯罪の分野において。ゾロトフもその例に漏れず、酒の飲めない人間は決して信頼しない。それどころか同席さえ許さないほどだった。彼は仲間内だけではなく、取引相手に対してもその原則を適用した。

「評判は上々だ」

ゾロトフは上機嫌でユーリのグラスに赤いラベルのストリチナヤを注いだ。

「メキシコ人もネパール人も、もっと商品を回してくれと言ってきた。新規に取引を始めたいって話も来てる」

ゾロトフと組んだユーリの取引は立て続けに成功した。相手はメキシコの民族解放軍とネパールの反政府ゲリラ。取引はいずれもネット上で行なわれた。ユーリとゾロトフがこれまで直接接触したのは流弾沙《リウタンシャ》の台湾人だけである。

密売品の売り手と買い手が直接顔を合わせて取引を行なうのは〈古い〉やり方で、現在の主流とは言えない。ゾロトフが孫哲偉《スンチェウェイ》と会ったのは、昔のやり方にこだわる相手に合わせただけであった。

「おまえの言った通り、孫は逮捕された。俺達の帰ったすぐ後だ。ホテルを出てスパイを始末しに行く途中でパクられたらしい。俺達も危ないところだった。おまえは大した悪運を持ってるぜ」

ユーリはグラスを干してから、

「俺のじゃない。おまえの悪運だ」

「そうかもしれねえ。俺達は相棒《パルトニョール》だからな。二人の悪運を足せば怖いものなしだ」

黒パンに乗せたサーロ（豚の脂身）を美味そうに頬張って、

「それにしてもおまえの持ち込んだ商品、あれはいい。まさに時代のニーズに応じたヒットってやつだ。あれを使えば旧型機を大幅に延命できる。コスト削減にもなるしな。世界中のゲリラが飛びつくはずだ。なにしろ連中は大昔にロシアから流れた旧式を今でも後生大事に使ってるからな」

満足そうにゾロトフはグラスのウォッカを呷る。

「歓迎するぜ、アガニョーク」

その席でもユーリは黒い革手袋を嵌めている。ティエーニの前で許されぬ非礼だ。しかしゾロトフはそれを咎《とが》めない。理由を知っているからだ。

ゾロトフは大騒ぎしている部下達のテーブルに目をやった。ガムザは厨房のチェックに出ている。

「ガムザは忠実だがヴォルじゃない。俺の組織で本当のヴォルは俺だけだ。もっとも今の世の中、ヴォルもへったくれもないがな。いや、今に始まったことじゃない。俺達がガキの時分にはもうとっくにそうなってた。覚えてるだろう、俺の親父を」

「その話はやめろ」

ユーリの制止が聞こえなかったかのようにゾロトフは続ける。その目は嗜虐《しぎゃく》の光を帯びていた。それに微かな自己憐憫も。

「親父は本当の屑《くず》だった。人間の屑《ムラーシ》で、落ちぶれたヴォルのなれの果てだ。ヴォルの意地も掟もまっとうできなかった半端者だ。覚えてるよな、アガニョーク。忘れるはずがない。おまえも、おまえの父親も……」

「やめろ」

「まあいい」

ゾロトフはにやりと笑って、

「ヴォルが幅をきかせたのは昔の話だ。俺のところを含め、今じゃヴォルが仕切ってる組織で力のあるのは数えるほどしかない。何が掟だ。掟を守って潰されたんじゃ話にもならない。俺はヴォルの掟を利用するが、掟は俺を縛れない」

ユーリは黙って聞いている。

かつてヴォルはラーゲリや刑務所内部で君臨する犯罪世界《ヴォルフスコイ・ミル》の貴族だった。この世の地獄とも言える監獄内で囚人が生き抜くには、誰しもヴォルの意に従うしかなかった。ヴォルである自分達のみを人間《チラヴェーク》として他を虫けらとみなす絶対の存在。つまり世の常識をなんの疑念もなく受け入れ、体制に唯々諾々《いいだくだく》として従うだけの民衆を人間のレベルにあるとは認めない。それはロシアの歴史の中で育まれたブラトノイの価値観である。国家を認めず、法に反逆する徹底したアナーキズム。その掟は、当然国家権力との一切の関わりを禁じている。しかしヴォルの称号がロシアン・マフィアの代名詞であったのはソビエト崩壊前後のわずかな期間にすぎず、やがてヴォルは凋落《ちょうらく》した。

それはある意味、必然であった。

ヴォルが犯罪組織へと成長したのは一九八〇年代以降である。ペレストロイカの流れの中で犯罪組織、オリガルヒ（新興財閥）、さらには政府機関が結びついて天然ガス、石油、貴金属、レアメタルなどの資源をはじめとする国家財産を私物化した。それも合法的に。当時は非合法でないものはすべて〈合法〉と見なされた。なんのことはない、民営化とは略奪の同義語であったのだ。ソビエトの崩壊で国家が新しい社会と経済の管理能力を失っていたとき、契約を履行させる法の執行機関の役割を果たしたのが犯罪組織だった。新世代のビジネスマンを自認するオリガルヒと腐敗した官僚はこの力を必要とした。ロシアン・マフィアの台頭である。社会主義から資本主義への移行期において、ロシアン・マフィアは歴史的に不可欠の存在だったのだ。

しかしヴォルの掟は権力との癒着を禁じている。掟は有名無実となり、裏社会におけるヴォルの権威は失墜した。ヴォルの名と掟をただ利用しているだけだとうそぶくゾロトフこそ、弱肉強食の現代を生き抜く新世代のヴォルであった。

「チェチェン・マフィアだって似たようなもんだ。笑わせやがる。単なるフランチャイズだぜ。フライドチキンやハンバーガーと変わりゃしねえ」

ロシアン・マフィアと呼ばれる集団は、大まかに言ってヴォルの治める組織と、ヴォルの肩書きを持たぬボス（アフトリチェート）の組織、そしてチェチェン・マフィアをはじめとする民族系組織とに分かれる。凶悪さで知られるチェチェン・マフィアは、しかし北カフカス出身のチェチェン人であるとは限らない。『チェチェン・マフィア』とは言わばブランド名で、チェチェン人組織から大金でその名を買っているにすぎない。チェチェン・マフィアという看板はそれだけで敵対勢力に対する抑止力となるからだ。

「そんな名前だけの奴は必要ない。俺には本物が要る。本物のブラトノイが要るんだ」

マフィアという言葉が世界的に認知されるに至った元がシシリー島出身のイタリア人組織であることはよく知られている。『コーザ・ノストラ』と呼ばれるイタリア人組織と違い、ロシアン・マフィアの構成員には血縁的、家族的なつながりはない。ヴォルはむしろ、家族を徹底的に否定する。何物にも囚われない自由こそが真の反逆者たるヴォルなのだ。

「親兄弟の縁を切るのがヴォルの掟だ。おまえは俺の半身だが兄弟じゃない。まさにうってつけだ。俺は頼りになる相棒を探してたんだ。違うな、おまえが俺を探してたんだ。すべてはこうなる運命だったのさ」

「『運命なんてただの影だ』」

抑揚のない口調でユーリがぽつりと漏らした。黒パンにキャビアを乗せていたゾロトフの手が止まる。

「なに?」

「『運命なんてただの影だ』。昔おまえが言った言葉だ」

「忘れたな」

その顔は忘れもしないと告げている。

「掟と同じだ。都合のいいところだけを覚えていればそれでいい。それが生き残る秘訣さ。おまえも警察官の誇りとやらを忘れる気になったからここへ来たんだろう」

「その誇りが俺の生きる証しだった。今は違う。二つの国の警察官になってみてようやく分かった。警察に誇りなんてない。ずいぶんと回り道をした」

ユーリはストリチナヤのボトルをつかみ、自らを嘲った。

「馬鹿だったよ」

「大馬鹿だ。警官はみんなそうだ」

ゾロトフは愉快そうにニシンを口へ運び、

「これからは利口に生きるんだな、アガニョーク。俺を失望させるなよ。もしそうなったら、おまえはまたサハリンのゴミ溜めに逆戻りだ」

ユーリが微かに顔を上げる。目に一瞬おそれが浮かんだ。過去を直視することへの本能的なおそれ。その目を黒髪のヴォルが漆黒の瞳で覗き込む。蒼い湖の底を見透そうとするかのように。不安に揺らめいた湖面は、すぐに固く氷結してヴォルの視線を鏡のように跳ね返した。

「分かっている。負け犬でいるのはもう飽きた」

「頼むぜ、相棒」

ゾロトフの笑みはどこまでも無邪気でありながら、同時に拭い難い影《ティエーニ》を孕《はら》んでいた。

退院後数日で職場に復帰した由起谷主任を、全捜査員と職員が拍手で迎えた。由起谷班の捜査員だけでなく、夏川班捜査員も心からの喜びを表わしていた。中でも人一倍強く手を叩いていたのは親友でもある夏川主任だった。見るからに体育会系である夏川の拍手は、どちらかというと応援団のそれを思わせた。

大真面目に手を叩く夏川の仕草に、由起谷は苦笑した。それが何よりもありがたく、嬉しかった。

捜査員の執務室となっているそのフロアには、技術班からも鈴石主任や柴田《しばた》技官らが出迎えの顔を見せていた。しかし突入班の二人の部付警部はいなかった。部内での彼らの孤立からすれば当然と言えたが、オズノフ警部の契約破棄が公表された今では、一層うそ寒いものとして感じられた。

由起谷は一同に向かって簡単に挨拶《あいさつ》をした。短い中で自分の不在を詫び、その間の部下の働きを慰労し、そして新たな決意を表明する。言葉は少ないが、誠実を以て知られる由起谷らしい挨拶であった。

ささやかなセレモニーは終わり、各自デスクへと戻った。技術班の面々は地下のラボへ。捜査員の半数以上はコートを手に継続捜査へ出かけていく。

復帰したとは言え、由起谷はまだ外回りのできる体ではない。医師に止められたのを、当分はデスクワークのみという条件付きで無理やり出勤したのである。

「夏川、上の小会議室、今空いてるかな」

「おう、空いてるはずだ」

由起谷は夏川に声をかけ、二人で上階の小会議室に移動した。

「大丈夫か、まだギプスが取れたばっかりだろう」

事務用の椅子にガニ股で座るなり夏川が言った。

「問題ないよ。医者はあれこれ言っているが体調はいい。これからでも捜査に出たいくらいだ」

明るく答える由起谷に、

「嘘をつけ。自慢じゃないがこっちは柔道で骨折した奴を何人も見てるんだ。俺も何度かやってるし。おまえの骨折はそんな生易しいもんじゃないはずだぞ」

「分かった、悪かった。その通り、本当は痛くて泣きそうだ」

〈白面〉とさえ称される白い顔に苦笑を浮かべ、由起谷は素直に降参した。一か月以上にも及んだ入院生活のため、その顔は普段より一層白く、どこか弱々しく見えた。

二人は最近の警察事情について軽く雑談を交わした。大阪府警の不祥事の話。警視庁刑事部の人事の話。そして審議中の暴力団排除法案の話。社会的に論議を呼んでいる暴排法案は、当事者となる警察官の間でも大いに話題となっている。

〈身内〉の世間話に続ける形で、由起谷は本題に入った。

「それより夏川、千葉の事案は大変だったな」

「製粉工場の立て籠もりか。上ではいろいろあったみたいだが、本当に大変だったのは突入班だ。なにしろオズノフ警部が抜けて二人しかいないんだ。素人が考えても戦力は激減してる。それでもいつ爆発するか分からない状況で四機のキモノをたった二機で瞬殺したんだから、今さら俺が言うのもなんだが、龍機兵ってのはつくづく恐ろしい道具だな」

キモノとは着物、すなわち［着用する得物《えもの》］から来た警察特有の隠語で、機甲兵装を指す。部下の捜査員達と同様、普段は〈外注〉の功績を認めることなど滅多にない夏川が、反感を滲ませつつも賛嘆の言葉を漏らした。その気持ちは由起谷にもよく分かる。

由起谷は頷きつつ切り出した。

「あの事案でタイ人が使ったキモノ、つまり連中が扱ってた商品だが、第一種の旧式とは言え、こいつをどっから仕入れたのか、俺はどうもそっちの方が気になってね」

「実は俺もそうなんだ」

同意する夏川に、

「東京近郊の売人は軒並み当たったはずだ。あれだけの数を動かせるほど力のある組織がまだ残っていたなんて」

二人が想起しているのは前年の地下鉄立て籠もり事案である。沖津部長の指揮により、由起谷班は全力で武器入手ルートの解明に取り組んだ。

「俺もおまえの捜査に抜かりがあったとは思ってない。だが現にこうしてキモノを何着も動かしてる奴らがいる。今回のタイ人は売人としても素人に毛が生えた程度のレベルだったそうだ。そんな連中がやすやすとキモノみたいな大道具をさばいてる。考えれば考えるほど嫌な話だ。世の中がどうにかなっちまったみたいで……どう言ったらいいんだろうな、この感じ……何か俺達の見えないところで……いや、俺達は今まで何も見てなかったというか……」

何かを言いかけて言葉に詰まり、夏川はもどかしげに頭を振った。

窓のない会議室の窓を通して、重く垂れ込めた雲を二人はともに漠然と感じていた。

5

ホテル・ドヴァレーツ六階のラウンジで、ゾロトフはユーリを前にして言った。

「イラン人との取引が決まったぜ」

薄暗い室内。二階のレストランと同じく色褪せた内装。調度品も安物ばかりだ。しかしそこはティエーニの執務室であり、組織への発令所であった。

ロシア製らしい過度に装飾的なソファに、ゾロトフは足を組んで座っていた。室内には二人きりで他には誰もいない。

「日本進出早々にこれだけの成果が上がるとはな。俺の狙いは正しかった。やはり日本は俺達のためにあるような国だ。俺達に来て下さいと国を挙げて誘致してるようなもんだぜ」

ティエーニは饒舌だった。いつもの通り。そしていつもの彼がまとう烈風は、今は穏やかな微風となってそよいでいる。

「アガニョーク、これはおまえの功績でもある。期待以上だ」

上機嫌の中にも慎重さを忍ばせて、

「在庫はどうなってる」

「まだまだある。当分は大丈夫だ」

「新規の調達は」

「潰れかかった町工場の経営者と従業員を抱き込んだ。日本の技術で新しい部品を造らせてる。これが軌道に乗れば安泰だ。目途がついたところで詳しく話す」

ゾロトフは満足そうに頷いている。

ラウンジを出ようとしたユーリの背中に、ゾロトフが声を投げかけた。

「『ルイナク』を知ってるか」

ユーリは足を止めて振り返った。

ルイナクとはロシア語で単に市場を意味する言葉である。

「ルイナク？　どこの」

「そうじゃない、『ルイナク』には特別の意味があるんだ。俺達の業界ではな」

ゾロトフは秘密を親友に打ち明ける小学生のような含み笑いを漏らし、

「市場は市場でも武器専門の市場だ」

「ブラックマーケット《チョールヌィルィナク》のことか」

「ただのブラックマーケットじゃない。あるんだよ、ネット上に。取引はもうそっちが主流だ」

実際、ゾロトフとユーリの商売もほとんどはネット上で行なわれている。

ディーラー、バイヤー、ブローカー、金融機関、運送業者。そのすべてが異なる国家に分散している。それこそが現代の武器密売市場である。

「世界中の業者が、世界中から武器を仕入れ、世界中の客にさばいてる。そのディーリングルームが日本にある」

日本の現行法では現物の動きや金の流れを国内で確認できない商行為を規制するのは困難である。それどころか公的機関が不法取引として認識できず見過ごしてしまうケースも多い。そこに目をつけた武器密売業者が、取引の拠点をこぞって日本に置いているらしい。

「今度のルイナクにはウチも参加しようと思ってる。実は今度のは特別で、入札制なんだ。誰でも参加できるってわけじゃない。〈資格審査〉で選ばれたバイヤーだけだ。俺は別だぜ。俺は言ってみればシード枠だからな」

ゾロトフは立ち上がってユーリの方へと近づいた。

「もっと特別なのは、実際にバイヤーが集まってその目で商品を確認してから買い付けるってことだ。このご時世にだぜ。しかも会場に入れるのは各バイヤーのグループにつきボディガードを含めて三人までと決められている。その場で決済するから来るのは決定権のある人間だけでいいってことらしい。ウチからは俺とおまえが行く」

「罠じゃないのか」

黒髪のヴォルはゆっくりと首を左右に振る。

「集まるバイヤーの面子が面子だ。罠を仕掛けたりすればディーラーの方が潰される」

「信用できない」

「だがそれでも参加してみる価値は充分にある。だってな……」

立ち尽くすユーリの耳許で、ゾロトフは楽しげに囁いた。

「今度の市には極めつけの品が出るって噂だぜ」

千代田区岩本町二丁目のそのビルは、ごく普通の商業ビルだった。周辺も似たような物件ばかりでうっかりすると通り過ぎてしまいそうなほど目立たない。

「ここか」

ビルの名を確認して、夏川と由起谷は中に入った。エントランスのすぐ先がエレベーターになっていて、横手に狭い階段がある。構造もよくある平凡なものだった。

メールボックスの横の壁に掲げられた表示によると、それぞれの階にさまざまな会社や事務所、クリニックなどが入居している。エレベーターに乗り込んだ二人は、指示された通り三階のボタンを押した。

三階には『ウエハラ・リサーチ株式会社』一社が入っている。そこが沖津部長に指示された集合場所だった。沖津からは尾行には充分注意するようにとも厳命されていた。

エレベーターを降りるとすぐ目の前にドアがあり、同社の表札があった。インターフォンを押すとやや間があって中から解錠された。二人を出迎えたのは、三白眼の若い男だった。

どうぞとも入れとも言わず、男はついて来いという目で中へと引っ込んだ。夏川と由起谷は緊張して後に続く。男は明らかに警察官だった。

二人は会合の内容を知らされてはいなかった。ウエハラ・リサーチとは一体どういう会社なのか。そこで今日一体何があるのか。誰が待っているというのか。沖津は一切口にしなかった。ただ復帰間もない由起谷は「体調によっては回復を優先して出席を見合わせるように」と言われていた。しかし彼は当然の如く夏川とともに指示された場所へと赴いたのだった。

三白眼の男は高いパーティションで区切られた隙間のような通路を抜け、奥に設けられた会議室に入った。

向かい合わせに設置された長方形のテーブルに、九人の男女が押し黙って座っていた。向かって左側にむっつりと押し黙った男が八人。右側に居心地悪そうにしている若い女が一人。

「鈴石主任……」

女の顔を見て、夏川と由起谷は驚いたように声を発した。同じ特捜部の鈴石緑警部補であった。彼女もまた目を丸くして二人を見つめているところからすると、やはり何も知らされずここへ来るよう指示されたに違いない。

三白眼の男――森本は黙って八人の男の並びに座った。夏川と由起谷は男達に目礼して緑の隣に腰を下ろす。同時に玄関のブザーが鳴った。森本がまた立ち上がって出ていった。

会議室に戻ってきた森本は、背の高い白髪の男を伴っていた。姿警部であった。

「へえ……」

アウトドアジャケットを着た姿は、興味深そうに室内の顔ぶれを見渡した。

「すると、ここは警察の前線基地みたいなもんか」

姿はすぐに状況を察したようだった。彼が由起谷の隣のパイプ椅子に座って一分と経たないうちに、またもブザーが鳴った。

予想の通り、森本が連れて戻ってきたのはライザ・ラードナー警部であった。いつもと変わらぬ革ジャンにデニム。見知らぬ男達の無遠慮な視線にも眉一つ動かさない。緑が微かに身を固くした。

窓のまったくない室内で、皆押し黙ったまま口を開かない。不穏な数分間が過ぎた。

やがて隣の部屋のドアが開き、特捜部の沖津部長と城木理事官、宮近理事官、それにもう一人、ずんぐりとした中年の男が入ってきた。全員が起立する。

「こちらは組対《そたい》（組織犯罪対策部）五課の渡会課長だ」

沖津はまず部下に渡会を紹介した。どす黒い顔色の渡会は底光りのする目で特捜部の面々を一瞥した。巷間「マル暴の刑事は暴力団と見分けがつかない」などと揶揄《やゆ》されることの多い組対だが、その俗説をいささかも裏切らない渡会警視の風貌であった。

沖津、渡会、城木、宮近の四人はホワイトボードに似た大型ディスプレイの前の雛壇に着席した。次いで一同も腰を下ろす。

「すでに見当はついていると思うが、特捜部は組対との合同態勢で捜査を行なうこととなった。ウエハラ・リサーチは組対の運営する分室のカバーである。では、城木理事官」

沖津の合図で、城木貴彦《たかひこ》理事官が双方の部下全員に自己紹介を促す。特捜部内の会議では彼が司会役を務めるのが恒例だった。しかしここは組対の分室である。城木も宮近も、あからさまに普段とは別種の緊張を見せていた。

九人の男達はいずれも渡会の部下だった。彼らの不機嫌さも合点がいく。警察組織内の異端分子である特捜部は他の警察官から蛇蝎《だかつ》の如く嫌われている。合同態勢というだけでも彼らには相当の抵抗があるはずなのに、〈分室〉という自分達の言わば秘密の拠点に特捜の人間を迎えることになったのだから。

それにしても——なぜ分室なのか。なぜ新木場でも霞が関でもないのか。

「では順を追って状況の確認に入りたいと思います」

全員の自己紹介が終わったところで、城木が発言する。特捜流の進行である。捜査の主導権はこちらにあるのか。育ちの良さを感じさせる城木の整った顔に、今は単なる緊張以上の何かがあった。

「まず、昨年十二月二十六日に突発した栃木の駐在所襲撃事案から」

城木が手許の端末を操作する。正面のディスプレイに現場付近の地形図が投影された。

「午後二時三分か四分、ここ閑馬上駒駐在所に一人の男性が助けを求めて走ってきた。男性はその前日、何者かに拉致された組対五課の安藤研一巡査部長だった。杉原駐在所長は安藤に気づき、外に走り出て居合わせた佐野署員二名とともに駐在所に運び込んだ。この時点で追手のトラックが駐在所に迫っていたが、駐在らは気づかなかった」

地図で見ると、県道は駐在所の先で山側にカーブしている。駐在所から見通すことは不可能だった。

「トラックは即座に重機関銃で駐在所を銃撃。杉原巡査部長らは報告する間もなく全員が即死。この銃撃により駐在所、及び隣接する民家が大破。死亡者は八名に上った。目撃者によれば、犯行に使用された重機関銃はキモノの腕らしきものに固定されていたという。現場から逃走したトラックの行方は今も不明のままである」

駐在所から離れた山中の地点が地形図上でマーキングされる。

「付近を捜索した栃木県警は、ここ、通称空山《からやま》の山中で不審な施設を発見した。元は林業に使われていた製材所が長年放置されていたらしい。その前には大型車が数台駐車できるスペースがあり、最近まで頻繁に出入りがあったと見られる複数のタイヤ痕が確認された。製材所内部の状況は以下の通り」

ディスプレイに表示される内部の現場写真。がらんとした深夜の廃墟である。本来犯罪とは関わりのない世界でキャリアを積んできた鈴石主任には、それが何を意味しているのかすぐには分からないようだった。

コンクリートの床に広がる黒々とした飛沫が血痕であり、さらに、点々と転がっているのが人間の歯であり爪であると気づいて、彼女は大きく息を呑んだ。凄惨な拷問が行なわれた跡だった。

「安藤巡査部長はここに監禁されていた。隙を見て脱出した彼は、笹藪の斜面を駆け下りた。それに気づいた拉致犯はトラックで林道を下った。現場から直行できる最も近い人家は閑馬上駒地区である。地理的にも逃げる先はそこしかない。拉致犯は安藤が誰かと接触する前に殺害する必要があった。銃撃により遺体は著しく損壊していたが、解剖の結果、胃の内部からマイクロSDカードが発見された。そこには安藤巡査部長自身によるメッセージが録音されていた。聞き取りにくい部分も多く含まれていたが、最新技術で解析、復元したのが以下の音声である」

ディスプレイの横のスピーカーから男の声が流れ出す。極度の緊張を窺わせる荒い息遣いとともに。

〈二月、何日かは不明、ルイナクにキモノ入荷、ディーラーはマルチ、新型、第二種でも三種でもなし、第四種か、キキモラ、選ばれた複数のブローカーが日本で直接入札、龍機《ドラグー》

兵《ン》の可能性も〉

　声は唐突に終わっていた。

　由起谷、夏川、そして緑が同時に顔を上げた。姿は黙って無精髭を撫でている。ライザの無表情に変化はない。

　龍機兵——

　緊迫の面持ちで城木が続ける。

「かねてより武器密売の国際ブラックマーケットを内偵中であった安藤巡査部長は、拉致される直前にこのメッセージを残したものと思われる。以下は組対の把握する特殊事案の根幹に触れることですので、渡会課長にお願いします」

　渡会が着席したまま不機嫌そうな顔で引き継ぐ。

「現在の武器密売市場は世界中の組織や個人によるネット上の取引が主流で、特にロシアン・マフィアが関与しているものを〈ルイナク〉と呼ぶ。その全貌はどこの国の警察も把握していない。ブローカーも銀行もブツの運び屋も、関係者は全部国籍が違う。摘発を逃れるためだ。国が違えば法律も違う。それだけで国家間、省庁間の手続きはややこしく複雑化して追跡調査が困難になる。日本の法はこうした事態をまるで想定していない。数年に及ぶ捜査の結果、ウチはルイナクの取引の中枢である〈ディーリングルーム〉が日本に設置されていることを突き止めた。中枢と言っても、大方はマンションにパソコンがあるだけだろうが、連中は日本をナメてるんだ。日本の法や警察をな。実際に日本はとんでもない世間知らずの楽天家だった。だがウチは違った。ウチの安藤は」

渡会はそこでわずかに声を詰まらせた。彼の部下達もいかつい顔で瞑目している。

「ルイナクには無数の業者が出入りしているが、中でも特に大物と目されるディーラーがいて、『ヂリェークタル』、つまりロシア語で〈支配人〉と呼ばれている。正体は一切不明で、名前、国籍、経歴その他のすべてが未詳。ウチはそいつをマークして〈マルヂ〉と呼んでいた。ヂリェークタルのヂから取った部内の符牒だ。安藤のメッセージは、マルヂの組織が来月、ルイナクに新型のキモノを出品することを伝えている。しかも取引はなぜかネットではなく、リアルで行なわれるらしい」

「そいつはこの情報が信頼できるって証拠だな」

姿警部が口を挟んだ。通常の捜査会議ではまったくあり得ない不規則発言である。特捜側の人間は慣れているが、渡会ら組対側の捜査員は一斉に彼を睨んだ。さすがに暴力団や反社会的組織を相手にする組対らしい眼光で——それも十人分だ——一般人なら卒倒しかねないほどの強烈なものだった。しかし姿は動じる様子もなく、

「モノが希少で本物だから、バイヤーに直接確認させる必要があるんだ。入札とも言って

たしな。商品のデモンストレーションでもしてみせなければ買う側が納得しないほどの値段をつける気だ」

「姿、いいかげんにしろ」

宮近浩二《こうじ》理事官がいつもと同じに姿を叱責する。いつもと少し違うのは、他の部署の面々に対して姿をたしなめる自分の役回りに、宮近自身が自覚的である点だった。

渡会はかろうじて怒気を抑え、

「正月の二日、木更津でロシア人娼婦の死体が上がった。ナジェーズダ・イワノワ、三十歳。死体の歯はすべて抜かれており、両手両足の指はペンチのようなものでねじ切られていた。いずれも死後ではなく生前に加えられた暴行によるもの。同人《どうにん》は安藤のＳ《エス》（捜査協力者）であったと思われる」

夏川と由起谷は戦慄し、そして直感した。武器密売の捜査に関して感じていた名状し難い違和感の正体を。自分達はやはり違う方を見ていた。いや、見ていなかった。ブラックマーケットは目に見えない影にあったのだ。

「渡会課長、ありがとうございました」

沖津は渡会を慰労してから一同に向かい、

「安藤巡査部長が監禁された製材所は武器の保管に使用されていた形跡があった。一味がわざわざキモノを載積したトラックで安藤を追ったのは、咄嗟に動かせる車輛がそれしかなかったからと推測される。同様にキモノの腕に固定された機関銃も外している時間はなかった。また外す必要もなかった。安藤巡査部長と接触したすべての人間を間髪容《い》れず消し去るのに重機関銃は最適の装備であったからだ。そこまでして一味は情報の漏洩を防ぐ必要があった。姿警部の指摘した通り、この情報の確度は高い。ルイナクに入荷したという新型機の詳細は不明だが、龍機兵と同じシステムの機体、あるいはその製造技術がいずこかより流出した可能性がある。『キキモラ』とはそのコードネームか製品名と思われる」

「もし本当に龍機兵だとしたら軍事的にもえらいことだぜ。過去には核技術さえ個人の売人から流出した実例がある。龍機兵でもないとは言えない」

姿の不規則発言をもう誰も咎めなかった。

沖津は構わず続ける。

「新型機の市場流出は全力を挙げてこれを阻止。同時に警視庁はブラックマーケット壊滅作戦を開始する。オズノフ警部はすでにバイヤーの一人として潜入に成功した」

驚愕のあまり由起谷らが声を失う。組対側捜査員の間に変化はなかった。彼らは最初から知っていたのだ。

「オズノフ警部の契約は破棄された。それは事実だ。しかしその場ですぐに再契約が交わされた。任務の遂行上必要ないくつかの修正、附帯項目を含む新しい契約だ」

囮《おとり》捜査。

銃器、薬物を扱う組織犯罪対策部第五課、その他の貿易品を扱う生活安全部生活経済対策課など警察内部の部署の他に、厚生労働省麻薬取締部などで使われる捜査手法である。しかし銃刀法、麻薬取締法で規定されているのは、囮捜査の捜査員が禁制品を売買したとして罪に問われないようにするためのもので、囮捜査全般を許容するものではない。法的解釈を巡る論議は今も続いているが、最新の判例では囮捜査は適法であり、得られた証拠に証拠能力もあると認めている。

「機特法（機甲兵装の取扱に関する特別法）には囮捜査や潜入捜査の規定が盛り込まれている。また警視庁組織規則には特捜部の事務として［機特法に関わる犯罪の取締に関すること」という文言がある。以上より、特捜と組対との合同態勢による捜査が決定するに至ったものである」

対象が銃器だけではなく機甲兵装にまで及んだため、組対は特捜の介入を認めざるを得なかったということか。

渡会は太い猪首を真っ赤にして黙り込んでいる。彼の部下が命と引き替えにつかんだネタである。その捜査をよりによって特捜と合同でやらねばならない。渡会の憤懣は察するにあまりある。

「これを見てほしい。ロシア当局から提供された写真だ」

ディスプレイに一人の男の三面写真が表示された。逮捕時のものらしい。

波打つ長い黒髪に漆黒の双眸。不敵でもなく、傲岸《ごうがん》でもなく、すべてを受け入れるかのようにカメラを見つめている。

「アルセーニー・ネストロヴィッチ・ゾロトフ。通称ティエーニ。ロシアン・マフィアの中でも最高位とされるヴォル・ヴ・ザコーネの一人だ。ヴォルの称号を得た者は本名ではなくクリクハというヴォルの通り名で呼ばれる。この男の場合はティエーニ、すなわち〈影〉だ」

言われてみると確かに写真の男には、甘い面差しにもかかわらず隠しきれない翳りのようなものがあった。

「武器密売商としてロシアの裏社会に確固たる地歩を築いていたが、最近になって日本に拠点を移した。ルイナクでも取引実績があり、今回の入札にも間違いなく参加するものと思われる」

異様な図版の数々が画面上で拡大される。ゾロトフの体表に彫り込まれた刺青だった。

奇怪であるばかりでなく、ある種の崇高ささえ感じさせるその紋様に、全員が圧倒された。

「情報によると入札は二月。つまり今月だ。時間はもうほとんどない。一方、マルヂの正体はおろか、ルイナクに接触する糸口さえつかめない。はっきり言って手詰まりだ。そこで我々が見出した唯一の突破口は、オズノフ警部が過去においてゾロトフと接点があるという事実だ。そう、彼とオズノフ警部との間には古い因縁がある。警察内でただ一人、オズノフ警部のみが鉄壁を誇るティエーニの懐に潜入可能であったのだ」

由起谷と夏川はようやくすべてを理解した。特捜との合同態勢を上層部が決断した理由。それを組対が受け入れざるを得なかった理由。組対の分室で特捜の沖津が指揮を執る理由。一切を極秘とする理由。

苦すぎる顔で押し黙っている渡会の苦衷、葛藤は、二人の想像をはるかに超えるものだった。

同様に沈黙する組対部員と特捜部員に対し、沖津は決然と言い切った。

「我々はオズノフ警部がマルヂと接触し、出品された新型機を確認するのを待って、関係者を摘発する。影の市場を法の光の下に晒《さら》すのだ」

組対分室での会議はその後三時間にわたって続けられた。

そこでこれまでの詳細な経緯が明らかにされ、今後の手順が確認された。経緯に関して知らされていなかったのは城木、宮近の両理事官を除く特捜側だけで、組対側はすべて把握していた。ただし組対の全部員というわけではなく、選抜された捜査員で編成された特別チームのみである。保秘はそこまで徹底されていた。

それなりにキャリアを積んだ刑事であると自負していた夏川や由起谷らにとって、初めて明かされた組対の手法は驚くことばかりだった。そもそも組対五課には武器密売犯摘発のため囮捜査のノウハウが蓄積されている。

今回の事案のために設けられた分室はウエハラ・リサーチ以外にも都内に七か所。そのすべてに〈カバー〉がある。設定はいずれも異なり、商事会社、興信所、広告代理店など。それらの中心がウエハラ・リサーチで、各分室を統合する司令部として機能している。

分室の中には〈オズノフの女〉のマンションも含まれる。実際に女性が暮らしていて、かかってきた電話にはまず彼女が応対する。この女性の身許については複数の関連当局による入念な擬装が施されているという。

オズノフ警部がゾロトフに売り込んだＩＣＵには、メーカーの協力を得て所定の時間が経過すると自壊するプログラムが仕込まれていた。もちろん〈在庫〉のすべてが本物というわけではない。作戦に間に合わせるための数を用意するだけでもギリギリだったらしい。

各地の倉庫もすべて組対が用意した。

何よりも衝撃であったのは、組対が以前から流弾沙《リウタンシャ》に潜入させていた畠中捜査員を犠牲にしたことだった。

畠中潜入の目的は本来流弾沙の摘発であったのだが、ゾロトフと流弾沙が直接接触する可能性が極めて高いと判断された時点で、急遽作戦に組み込まれた。ゾロトフにオズノフ警部を信用させるためである。タイミングには慎重を期し、台湾人グループが東池袋のホテルから畠中を連れ出した段階で、組対は孫哲偉《スンチェウェイ》の逮捕と被ったように見せかけて彼を保護した。一つ間違えば畠中は本当に殺されていた。実際、孫の手下から暴行を受けた畠中は現在も入院中とのことである。

組対は長い時間をかけて潜入させた苦労をすべて放棄するだけではなく、彼の命を大きな危険に晒すという賭けに出たのだ。畠中自身もまたそれを了承した。作戦のための捨て石となる道を選んだ畠中の心中には、命を懸けて情報を伝えた安藤の働きを無駄にするまいという思いがあったに違いない。由起谷と夏川は、同じ警察官として、渡会とその部下達の覚悟をまざまざと見せつけられたような気がした。

一方特捜側が危惧したのは、オズノフ警部の不在中に凶悪事案が突発することであった。その懸念は機甲兵装の立て籠もり事案となって的中したが、幸い龍機兵二機でなんとか制圧できた。もっとも、このことに対し姿警部は散々愚痴や皮肉を言っていたが。

――保秘も分かるが、今度からはもっと配慮してもらいたいね。こっちはもう少しで小麦粉と一緒にこんがり焼き上がるところだったんだ。ギャラの上乗せか特別ボーナスでも欲しいくらいだ。

考えておこう、と沖津部長は気のない返事をしていた。龍機兵の運用に関わる技術班の鈴石主任も姿同様に不満を隠せないようだったが、ラードナー警部はこのときも変わらず虚無の外貌を見せていた。

そして、潜入作戦の今後。

オペレーションの統括指揮は特捜部長の沖津警視長。実務の主体は渡会警視率いる組対特別班。このチームが徹底的にオズノフ警部をフォローする。現段階では特捜部捜査員には知らされない。夏川、由起谷の両名のみ組対特別班と行動して相互の連絡と事態の把握に努める。

今回のオペレーションに関しては、警察トップと総理官邸との間に直結のラインが敷かれている。窓口は警察庁出身の日比野《ひびの》喬《たかし》総理秘書官。官房長官を除く閣僚にも進行中は一切知らされない。

オズノフ警部からの連絡により入札会場の場所が特定され次第、現地警察に通報。特捜部捜査員を含む警官隊を動員して会場を包囲する。その際には龍機兵も全機投入。鈴石主任はそれに備えて機体の調整を進める。姿警部、ラードナー警部の突入班には準待機命令が下った。

目に見えない市場が実体となって開催される。砂漠の蜃気楼が現実のオアシスとなるように。新型機甲兵装の市場流出を防ぐだけでなく、確かにこれはルイナクを摘発する千載一遇の機会でもあった。

ヴォル・ヴ・ザコーネ。〈影《ティエーニ》〉。ロシアの闇を生きてきたゾロトフという男の人生は、夏川や由起谷の想像の及ぶものではない。

この男とオズノフ警部との間には一体何があったのか。

しかしその確執の詳細は二人には伝えられなかった。現場捜査員であることを誇りに生きる夏川と由起谷には、それこそが沖津という正体不明の男の影と感じられた。すべてが茫漠とした靄に閉ざされているかとも思える一連の動きの中で、二人が最も強烈に意識したのは次の一点——作戦が露見すればオズノフ警部の命は即座に失われるということだった。

疲労困憊して護国寺の自宅マンションに直帰した緑は、食事も摂らずユニットバスでシャワーを使った。ウエハラ・リサーチという偽りの名を持つ場所に籠もっていた空気が、耐え難い瘴気《しょうき》となって、己の体にまとわりついているようだった。

シャンプーを泡立て力まかせに髪を洗う。粉砕された死体。散らばる歯と爪。ねじ切られた指。禍々《まがまが》しい刺青。頭の中の映像は洗い流せない。洗髪の途中でこらえきれずに嘔吐した。吐物が一度に流れず泡と一緒に排水口に溜まっていく。

かつて大規模テロに遭遇し、この世の地獄を見たように思った緑が、まったく知らない地獄であった。地獄とはどうやら一つではない。地上の社会と人の数だけあるものらしい。

蹌踉《そうろう》と浴室を出て、スウェットに着替え黴臭い毛布にくるまる。

あの場で質問すべきだったろうか――

何度も自問する。答えは常に否。

流出したのは龍機兵そのものではないのですか。

それを聞くことは、緑の立場としてはやはり避けるしかない。少なくとも他の部署の者がいるところでは。その判断が正しいことは分かっている。組対部員も、あるいは姿警部達も、意識して言及しなかった可能性さえある。

龍機兵のシステムは従来の技術の四、五年先を行くものだが、逆に言うと数年後には当たり前となっているはずのものである。今この瞬間にもどこかの研究機関が開発に成功しているかもしれない。

公《おおやけ》に聞くことがためらわれたのは、警視庁が龍機兵の入手に至った経路に不分明な点が含まれるからだ。非合法とまでは言えないにしても法的に限りなくグレーに近い部分。

緑はそれを外交、あるいは諜報に関するものと推測している。

彼女が初めて特捜部庁舎地下のラボを訪れたとき、三体の龍機兵はすでにそこにあった。

しかし、龍機兵は本当に三体だけなのか。

開発過程を含める入手経路が明らかでないだけに、特捜部の保有する三体以外に龍機兵が存在する可能性は否定できない。〈龍機兵と同じシステム〉や〈同タイプの新型機〉、あるいは〈それらの製造技術〉などではなく、母胎を同じくする兄弟。

元外務官僚の沖津はその機体の流出を怖れているのではないか。

緑は心惹かれる自分を厭《いと》わしく思う。『キキモラ』に。薄明の中に垣間見える殺人のための商品に。


道玄坂上のビジネスホテルで、ユーリは左の手袋を脱いだ。

そこに刻み込まれた黒い犬の刺青をじっと見つめる。みじめで、薄汚く、穢《けが》らわしい。

ねぐらをなくし、行き場を失って途方に暮れている。まるで自分そのものだ。思わず笑ってしまうほどに。

狭い室内には、消臭剤の香りに混じって微かに不快な臭気が感じられた。孤独と倦怠のすえた匂いだ。

そして排気ガス。閉ざされた窓をすり抜けて、目の前の高速道路から漂ってくる。胸の悪くなるようなモスクワの悪臭。だがここはモスクワではない。サハリンでも台北《タイペイ》でもない。頭を振って記憶の残り香を追い払う。

ゾロトフは見事に掛かった。すべて部長の狙った通りだ。確かに限られた時間の中でルイナクに食い込むには、自分という釣り針でゾロトフを狙うしかなかったろう。

年末に官舎を引き払って以来、ユーリはビジネスホテルを転々としている。銃は持っていない。これまで常に所持していたＧＳｈ－18は警視庁から正式に貸与された官給品であり、この任務に就いた時点で返却している。

自分の契約破棄が公表されたとき、特捜部の刑事達はなんと噂しただろうか。「やはりあいつは腐っていた」とでも思ったろうか。ゾロトフも似たようなことを口にした。構わない。腐っている。自分も、警察も。ゾロトフに言った言葉のその部分だけは嘘ではない。なのに今また自分はこうして死地に向かおうとしている。あのときと同じ最悪の淵に。それが犬の愚かさでなければ一体なんだ。

　胸の奥から急激に塊のようなものが込み上げてきた。それが何かは知っている。不安であり、恐怖である。洗面台に向かい、繰り返し手を洗う。落ちるはずのない罪と恥。そして犬の刺青。それらをこそげ落とそうと何度も洗う。

　冷静になれ――

　今までに何度も言われた。モスクワでも、新木場でも。特に白髪頭の傭兵はしたり顔で言ったものだ。

　それは〈条文〉の一つでもあった。

　［凍ったヴォルガ川よりも冷静になれ］

　本来なら今さら言われるまでもないはずだ。それがどうだ。警察官の誇りを失ったとき、自分は魂に刻まれた条文まで知らないうちに消していた。喪失と言うにはあまりに大きな喪失だった。

　掌の中で、小刻みに犬が震えている。この任務はやはり拒否すべきだったのだと。同じ過ちを繰り返すのはもう嫌だと。

　全身で訴える犬を覆い隠すように、ユーリは左手を固く握り締めた。

　やるしかなかった。警視庁と交わした契約では命令の拒否は許されていない。

それだけではないぞ、と掌の中の犬。沖津は約束してくれたではないか——成功すれば

シェルビンカ貿易の事件を徹底調査すると。

ユーリは汗ばんだ掌を再び開く。犬が媚《こ》びるように見上げていた。

やるしかない。

第二章　最も痩せた犬達

1

「おまえ、警官の息子なんだってな」

　黒髪の少年はユーリに向かってそう言った。

　シュコーラ（学校）の中庭。二人の他には誰もいない。回廊を柔らかく染めていた五月の残照は急速に光を失いつつあった。申しわけ程度に設置された小さな花壇のライラックも、薄紫の花の色を黄昏《たそがれ》の淡い闇に隠し始めた。

「だからあんなことを言ったのか」

「あんなことって……」

　相手の強い視線と口調にユーリは思わず口ごもる。責められるようなことはしていない。

「警官の息子だからって、クラスの警官気取りか」

一週間前に転校してきた少年。ユーリと同じクラスで、七年生の十一歳。人を惹きつける顔立ちでありながら、髪と目の黒さが影そのものを思わせる。

「俺は言うべきだと思ったことを言っただけだ」

「それが警官気取りだって言うんだよ」

少年は嗤《わら》った。とても同い歳とは思えなかった。

咄嗟に言い返せなかったのは、将来警官になりたいという密かな望みを日頃自覚していたからだ。

——地下鉄の学生切符《ストゥジェンツキービレート》がない。買ったばかりなのに。

その日マチュニンが騒ぎ出したのは午後の授業が始まる前だった。小熊のように太ったマチュニンは泣きそうな顔で自分の鞄《かばん》をひっくり返した。モスクワの地下鉄の切符はすべて厚紙製のICカードの形態で販売される。マチュニンは今朝ドミトロフスカヤ駅で購入したそれを、鞄に入れたままにしていたというのだ。

本当か、よく探してみろよ、という声に、

——鞄には入ってない。間違いない、誰かが盗んだんだ。

教室にいた十数人の生徒が一斉に転校生を見た。全員のその動作が、彼に対する意識と感情をはっきりと示していた。

黒髪の転校生はふてぶてしく黙っていた。こんなことは慣れっこだという顔で。

——きっとこいつだ。

そう指差したのは、会計士の息子のサポフだったか、それとも肉屋のキヴェリジだったか。確か二人同時だったように思う。それをきっかけに何人かが転校生を取り囲んだ。

——体育の後、こいつ一人だけ先に戻ってた。きっとあのときだ。

——そうだ、あのとき以外は何人か教室にいたはずだ。

——おまえ、前の学校でも盗んだんだろ。ブゾノワ先生が話してるのをヤーコフが聞いたって言ってたぞ。

——おい、なんで黙ってんだよ。

少年は一言も発しなかった。周囲にはそれが明白な自白と思えた。自分がやっていなければ否定するはずだ。それをしないのはやった証拠だ。

——こいつの服と鞄を調べるんだ。きっとどこかに隠してるぞ。

体格のいいサポフが少年の胸倉をつかんだ。キヴェリジは少年の紺の鞄を取った。

——やめろよ。

ユーリは思わず制止していた。

——証拠もなしに、やめろよ、そんなこと。放してやれよ。

──証拠もないのにやるのが民警だろう。

サポフは意地になって、

──俺の叔父さんが言ってた、何度も民警に因縁ふっかけられたって。金も取られたって。

──だとしても、俺達までそれを見習わなくてもいいじゃないか。

きっぱりと言うユーリに、サポフは少し怯《ひる》んだようだった。ユーリのリーダーシップにはクラスの誰もが一目置いている。

──だってこいつは……

──誰だって同じさ、俺にもおまえにも、もちろんそいつにも権利はあるんだ。やめとけよ、おまえの力で締め上げたらそいつの首が折れてしまうぞ。

サポフは肩をすくめて相手から手を放した。キヴェリジも抱えていた紺の鞄を返す。

一人、また一人と席に戻り、その場は自然と収まった。

転校生は最後まで何も言わなかった──教室では。

放課後の中庭で、彼は秘めていた敵意をユーリに向けた。

「誰だって権利がある？　俺にどんな権利があるって言うんだ」

理解できなかった。自分は彼を──クラスから排斥されていたアルセーニー・ゾロトフを助けたのではなかったか。

周囲の光は一段と薄れ、夕闇が濃さを増した。混乱するユーリの足許に、ゾロトフは何かを投げ捨てた。

地下鉄の学生切符だった。はっとして顔を上げる。

憤然と去っていくゾロトフの背中とすり切れたキャンバス地の鞄が見えた。その後ろ姿はすぐに黄昏の影となって見えなくなった。

足許の学生切符を拾い上げながら、ユーリはクラスの噂を思い出していた。

ゾロトフはヴォルの息子だ——それも肌に恥を彫られたヴォルの——


考えた末、翌日ユーリは登校してきたマチュニンに学生切符を差し出して言った。

「昨日、放課後に廊下で拾ったんだ。これ、おまえのじゃないのか」

するとマチュニンは明らかに一瞬視線を泳がせた。不審に思って問い質《ただ》すと、彼は失くした切符は英語の教科書の間に挟まっていたと白状した。帰宅してから気づいたという。

どうしてもっとよく調べなかった——そんなことを言いかけたが、相手の情けなさそうな顔に、何も言わず席に戻った。

その日の授業はどうにも頭に入らなかった。放課後、いつものように一人で帰途に就いたゾロトフの後を追った。

「待てよ」

ビスツォヴァヤ通りで背後から呼びかけると、相手は予期していたように振り返った。

ユーリは黙って彼に学生切符を差し出した。ゾロトフは初めて怪訝《けげん》そうな顔をした。

「なんだよ、それ」

「マチュニンの学生切符は盗られてなかった。取れよ。これ、おまえのだろう」

ゾロトフは呆れたように、

「こんなとき、警官はネコババするもんだろ」

「馬鹿言うな」

相手は微かに笑った。

「どういうつもりだ」

「何が」

「俺をだましたな。わざわざ自分で新しい切符を買って。何を考えてるんだ」

「さあな」

「ふざけるな」

「分からないんだよ、自分でも」

「そんなことあるか」

「あるさ」

ゾロトフは歳に似合わぬ謎めいた笑みを浮かべた。

「警官気取りのおまえに分からないことがあるのと同じさ」

学生切符を取らず、どう見ても流行遅れの鞄を肩に掛け直して去っていくゾロトフを、ユーリはもう追う気にはなれなかった。


ルスタヴェリ通りとドブロリュボヴァ通りの間に位置する古びた集合住宅がオズノフ一家の住まいだった。幾何学的に整然と並ぶエレベーターのない五階建ての団地。造られたのは半世紀も前だ。すべての棟の大きさと、すべての部屋の間取りが厳密に同じである平均的な労働者の住居。その一棟の四階でユーリは父母とともに暮らしていた。

その日帰宅したユーリは、夕食の席で父のミハイルに訊いた。

「この前話した転校生、ゾロトフっていう名前なんだけど、お父さん、何か知ってる？」

ラッソーリニク（酢漬けキュウリを使ったスープ）を口に運んでいたミハイルは、手を止めて息子を見た。四十六歳。叩き上げの刑事。嘘はつかない。少なくともユーリについたことはない。

「ヴォルだ。〈鴉《ヴァローナ》〉と呼ばれているが、本名は確かネストル・ゾロトフだった。ひと月ほど前からフォンヴィジナ通りの向こうにあるビルに居座っているらしい。そうか、息子はおまえの同級生か」

「ヴォルって」

「ならず者だ。特殊な集団を作っている。真っ当な人間が決して関わってはいけない連中だ」

父は率直に、そして悲しそうに答えた。

「元々は知らないが、ラーゲリや刑務所にずっと巣喰っていたんだ。ラーゲリでは強いリーダーの下でみんなが助け合った。そうしないと一人も生き延びることはできなかった。それほど酷い所だったんだ。言ってみればこの国がヴォルを育てたようなものだ」

全部が理解できたわけではないが、父がありのままの現実を伝えようと努力しているのはユーリにも分かった。控えめで落ち着いた口調。相手が誰であっても変わらぬ真摯な態度。同僚からも讃えられ、慕われるミハイル・オズノフ警察大尉。

「ゾロトフの息子がどういう子かは知らないが、その子にはあまり関わらない方がいい」

その言葉はユーリには少々意外だった。父は周囲の人々に対して分け隔てのない優しさを見せるのが常だったからだ。

ゾロトフの行為についてユーリは父の意見を聞こうかどうか考えた。その少しの躊躇の間に母のマルカが素っ気なく言った。

「ユーラ（ユーリの愛称）、それより早く食べてしまいなさい。せっかくのご馳走が冷めてしまうわ」

母の一言で、ユーリは自分の皿に向かった。父も再びスプーンを動かしている。父は普段、仕事で夕食の席にいないことも多い。せっかく父がいるのに、家族の時間を台無しにしたくはなかった。母の作るラッソーリニクは好物だが、その日はいつもよりほんの少しだけ酸味が強く感じられた。

ゾロトフはたびたび欠席した。それを気にする者はクラスにはいなかった。

しかしユーリだけは気にしないわけにはいかなかった。なにしろ手許にはあの行き場のない地下鉄の学生切符がある。自分が持ったままでは、ゾロトフの言うネコババと同じことになってしまう。子供ゆえの潔癖さによる焦燥が日ごとに募った。ゾロトフに笑われているような気さえした。「あいつもやっぱり他の連中とおんなじだ」と。ミハイルの息子である自分は、そんな腐った真似をしないと一刻も早く証明したかった。

その日もゾロトフは授業に顔を見せなかった。放課後、ユーリは思いきってゾロトフの家を訪ねることにした。

クラス委員でもあるユーリは、担任のミトロヒン先生の所へ行って、ゾロトフに溜まっている課題と連絡物を渡したいと申し出た。禿げて尖った頭頂部がてかてかに光るミトロヒンは何か言いたげにじっとユーリを見つめていたが、結局プリントの束を渡してくれただけで、他には何も言わなかった。よけいなことに関わるのを避けたのだろう。子供心にも気の小さい先生の心の動きは見て取れたし、それが賢明であるというのも理解できた。

ゾロトフの家はフォンヴィジナ通りから北側に一本入ったヤブロチコヴァ通りにあった。決して賑《にぎ》わっているとは言えないその周辺でも、特に寂れた一角で、三年ほど前に倒産したスーパーの跡だった。父から聞いた話では、権利を巡って地域主体と関係者が揉めている最中に、地権者の代理人を名乗るネストル・ゾロトフが占有したのだという。トラブルに割り込んで幾許《いくばく》かの金にありつこうという魂胆らしかった。ソビエト時代には考えられない話であったが、モスクワでのこの手のトラブルは、今ではそれほど珍しくないと父は言っていた。

数日前に降った雨がまだ遠浅の海のように道路に溜まっていた。そのあたりは水はけが悪く、雨が少しでも降るとたちまち下水があふれて通り一面水浸しになる。そういう場所はモスクワには多い。靴が濡れてしまわないように注意して水溜まりを避け、回り込むようにスーパーへと近寄った。

正面口は固く閉ざされていたが、裏の搬入口が開いていた。異臭の漂う暗い内部は荒れ放題に荒れていて到底入れたものではなかったが、従業員用の控室から電灯の明かりが漏れていた。そこで生活しているらしい。

意味不明の落書きのあるドアをノックしようとしたちょうどそのとき、部屋の中から何か物が倒れ、陶器かガラスの割れる大きな音がした。かん高い子供の叫び声も。ゾロトフの声だった。

——畜生、放せ、放せよ！

——このガキが、誰に食わせてもらってると思ってんだ！

汚く罵《のの し》る大人の声も聞こえる。ユーリはどうすべきか分からずドアの前で凍りついた。

いきなりドアが開き、ゾロトフが弾丸のように飛び出してきた。部屋の前に突っ立っていたユーリに、彼は驚いて立ち止まった。

「おまえ……なんでここに……」

少年の顔は生々しく腫れていた。殴られていたのは一目瞭然だった。

絶句している少年の後ろから、背の高い男が出てきた。

「誰だ」

蒼白い顔をした男だった。少年と同じ豊かな黒髪。明らかに彼の父親と分かる。右の頬に大きな絆創膏を貼っていた。

「誰だ」

男はユーリを見下ろしてもう一度言った。

道々考えてきた通りに名乗ろうとしたができなかった。体がすくんで声がどうしても出なかった。

その隙に逃げ出そうとしたゾロトフの襟首を、男はすかさず引っつかんだ。

「放せよ!」

全力で暴れるゾロトフの手が、父親の頬に当たった。絆創膏が剝がれて頬からずれた。

ユーリの目は男の顔に釘付けになった。その病気のような顔色にでも、陰惨な険しい視線にでもない。絆創膏の下から覗いた骸骨女の刺青に。

ほんの一瞬だったが、はっきりと見えた。幽鬼のように痩せ細った醜い女。顔の半分はほとんど髑髏と化していて、気味の悪い乱杭歯《らんぐいば》が覗いている。タトゥーをした男女はモスクワ市中でも珍しくはないが、そうした生半可なものとは一線を画す禍々しさを放つ意匠であった。目にした者をすべて呪い殺すと言わんばかりの。

「そいつは俺の同級生だよ」

ゾロトフが男の手を振りほどきながら言った。頬に刺青のある父親は、舌打ちをして絆創膏を貼り直しながら中に引っ込んだ。

「来いよ」

少年はユーリを外に連れ出した。

黒い下水の溜まった路地裏に古い木箱が積まれていた。その上に腰を下ろした少年は、ユーリにも座るように促した。

「驚いたろう、親父の顔」

少年の横に座ったユーリは、やはり何も言えずにいた。青黒く変色した少年の顔の腫れを気遣う余裕さえなかった。

「親父はヴォルさ。あれでも昔は結構羽振りがよかったんだ。今じゃ見ての通り落ち目もいいところだ。あの刺青、親父は仕事でみっともないドジを踏んで、その印を顔に彫られたのさ」

父親をひとくさり嘲ってから、ゾロトフはユーリに向き直った。

「何しに来た」

「これを渡そうと思って」

ユーリは肩に掛けた鞄からプリントの束を取り出した。

ゾロトフはつまらなさそうに黙って受け取った。

「それから、これも」

続けて地下鉄の学生切符を差し出した。

「やめてくれ」

鼻で笑って受け取らなかった。その反応は漠然と予期していた。

「おまえ、警官の息子だってな」

前にも言っていた。彼はそれを繰り返した。

「俺の親父はあの通りだ。これでも俺とおまえが同じだって言えるのか」

ユーリは即答できなかった。自分の家は決して豊かではない。同じ集合住宅の他の家庭に比べてもかなりつましい暮らしをしている方だ。それでもゾロトフの置かれた環境とは決定的に違っていた。

少しの沈黙。間を置いて、ゾロトフが別のことを訊いてきた。

「おまえ、家族は」

「両親と俺。三人だ。兄弟はいない」

「俺は親父と二人きりだ。お袋は知らない」

「知らないって……」

「顔を見たこともない。親父は死んだって言ってる。たぶん嘘だ。出てったに決まってる。誰だってそうするさ、あんな親父」

どう言えばいいのかますます分からなくなった。言葉に詰まるユーリの様子をたっぷりと眺めてから、ゾロトフは吐き出すように言った。

「二度と来るな」

急に立ち上がったゾロトフは、側《そば》にあった生ゴミであふれ返ったドラム缶の中にプリントの束を投げ捨て、泥水を蹴立ててスーパー跡へと戻っていった。父親と二人きりで住むという廃屋へ。

ユーリは自分の愚かさを悔やみ、そして恥じた。

――その子にはあまり関わらない方がいい。

父の言葉が思い出された。靴はすっかり濡れて汚れていた。


六月になり、夏休みが始まった。

街路樹のトーポリ（ポプラ）がちらほらと花を咲かせる頃だった。ベドヌイから電話がかかってきたとき、父は非番で家にいた。居間でモスコフスキー・コムソモーレツ紙を読んでいたのだ。ベドヌイはブチェイルスカヤ通りで小さなグルジア料理店を経営している男で、いつもミハイルを頼っていた。店で何か面倒が起これば、所轄署ではなく父に電話してくるのが常だった。面識のない警察官が信頼できなかったのだ。父もまた、地域の人の頼みには決して嫌な顔をしなかった。

父は新聞と受話器を置いて台所の母に声をかけた。

「ベドヌイの店で酔っ払いが暴れているらしい。ちょっと様子を見てくるよ」

「気をつけてね、危ないようだったら無理はしないで」

母も心得ていて、なんの報酬も得られぬ用に出かける夫を気持ちよく送り出した。近くのキオスク（小売店）で野菜を売っている母も、その日は定休で朝から家事に専念していた。

母はよく言っていた――お父さんは本当に立派、お父さんのやることはいつも正しい、ええそうよ、みんな知ってる、だからみんなお父さんを頼ってくるのよ――

「一緒に行くよ」

母に言いつけられた買い物から帰ったばかりだったユーリは、慌てて買い物袋を台所に置き、父の後について飛び出した。

「ユーラ、夏休みの課題は済ませたの」

「今日の分はちゃんとやったよ」

母は渋い顔をしたが、父は特には止めなかった。日頃から自分の仕事に興味を持って何かと見学したがる息子を、内心嬉しく思っているらしい。それを自分で口にすることは決してなかったが。

教育的見地から母はユーリの同行にいつも反対していたが、夫の嬉しそうな様子に強くは言えないというところだった。

ユーリと父は団地のある一角を抜けて線路を渡り、ノヴォドミトロフスカヤ通りからブチェイルスカヤ通りに出て左に曲がった。

ベドヌイの店の前では、ちょっとした人だかりができていた。所轄のパトカーは来ていなかった。店の前にいたベドヌイの女房が、ミハイルを見てほっとしたような表情をした。

「おまえはここにいろ」

ミハイルはユーリにそう言いつけて一人中に入った。ユーリは他の野次馬と同様に割られた窓から店内を覗き込んだ。

酒瓶を手に暴れる男と、身を縮めているベドヌイの姿が見えた。男の顔を見て、ユーリは小さく声を上げた。

ゾロトフの父親のネストルだった。頬にはやはり大きな絆創膏を貼り付けている。

意味不明のことを喚き散らしているネストルに歩み寄った父が、穏やかな顔で声をかける。だがネストルは突然酒瓶を父に投げつけ、そのまま殴りかかってきた。酔っていると は思えぬほどの素早い攻撃だった。だが父は紙一重で酒瓶をかわし、同じ一動作で相手に 飛びかかって組み伏せた。一瞬の技だった。ネストルは唸り声を上げてはね除けようとし たが、決して大柄とは言えない父の体は小揺るぎもしなかった。逮捕術なのか、格闘技な のか。ユーリは唖然とした。テレビでやっている格闘技の試合などでは到底見られない圧 倒的な迫力だった。父がさらに締め上げると、ネストルはすぐに動かなくなった。

床に押しつけられたネストルの頰から絆創膏が剝がれ、あの奇怪な刺青が露わとなって いた。パトカーのサイレンが短く聞こえた。

店から出てきた父は、やってきた二人の警察官に事情を話した。前後不覚となったネス トルはパトカーに乗せられて連行された。ベドヌイは父に礼を言っていた。

あんたがいてくれたおかげで所轄の二人はなんにも言わなかったけど、そうじゃなけれ ばあいつらに小遣いをせびられたかもしれない、あいつらは時々言ってくるんだ、金を出 せばああいう手合いから守ってやるって、それでなくても店の補修に金がかかりそうなの に、警官は信用できない、信用できるのはミハイル、あんただけだ——

そんなことをベドヌイはくどくどと話していた。

「待たせたな。さあ、帰ろうか」

やがて何事もなかったように父が言った。頷いて父の後に続こうとしたとき、ユーリは人垣の向こうの小さな影に気づいた。

ゾロトフだった。自分の父親がだらしなく逮捕される一部始終を見ていたのだ。そしてユーリの父がそれにあずかっていることも。

「どうした」

息子の顔色に気づいた父が訊いてくる。

ゾロトフはすでに人混みにまぎれるように姿を消していた。

「なんでもないよ」

父にはそうとしか言えなかった。こちらをじっと見ていたゾロトフの目。どうしようもないほど哀しく、虚ろで、恐ろしかった。

「ヴォルにはいろんな掟がある」

家までの帰り道、父は語った。

「中には家族を持ってはならないという掟もあるらしい。家族や親類をすべて捨てるんだ。ヴォルは社会や国家を決して認めない。そういったものに背を向けて生きるのが連中の誇りだ。だから奴らは仲間を大切にするが、家族や愛といった世間の価値観を嘲笑うんだ」

その日の父の話はユーリには分からないことだらけだった。

「さっき暴れていたヴォルがヴァローナ——ネストル・ゾロトフだ。あいつは掟に反して息子と暮らしている。おまえの同級生だ」

その息子がさっき見ていたとはやはり父には言えなかった。ユーリは黙って足を運んだ。

「ネストルはヴォルとしては弱い男だったのだろう。息子と一緒にいるということは家族を捨てられなかったということだ。もっとも、掟と言っても今の時代にそんなものを守っているヴォルはほとんどいない。家族と一緒に贅沢に暮らしてるし、金持ちや役人と組んでやりたい放題だ。我々には想像もできないような金を動かしてる。ヴォルも他の犯罪者と変わりはない」

ロシアの実情はユーリより幼い子供でも察している。オリガルヒと呼ばれる新興財閥の途方もない発展は誰もが毎日耳にしているし、それがロシアの国力増進の証しであると声高に吹聴するメディアもある。ごく一部の人間だけが途方もなく金を儲け、大部分の者は苦しい家計で暮らしている。自分達がそうであるように。格差は広がる一方なのだ。オリガルヒの背後には役人と犯罪組織が控えていることももちろんみんな知っている。聖なる腐敗の三位一体。それだけに、我が世の春を謳歌しているはずのヴォルの一人ネストル・ゾロトフの境遇は不審であった。

「ネストルの頰の刺青は、あいつが何か不始末をしでかしたことを示している。そういうヴォルは、見せしめに仲間から顔の目立つところに刺青を彫られるんだ。そいつがどんな罪を犯したか、ヴォルの仲間に一目で分かるようにな」

痛ましげに父は続けた。

「ネストルはもう二度と浮かび上がれない。それがあの世界だ。仲間からは相手にもされない。恥を彫られたヴォルは、昔はもっと酷い目にあったらしいが、掟がないに等しい今だからあれだけで済んでるんだ。明日にも釈放されるだろうが、なんにしたって子供がかわいそうだ。おまえの同級生とはなあ。今日だけはおまえを連れてくるべきではなかった。暴れているのがネストルだと分かっていたら」

ユーリは俯いたまま父に並んで家まで歩いた。暮れなずむ初夏の通りは、トーポリの花の香りと、モスクワ名物の渋滞による排気ガスが混淆《こんこう》した奇妙な空気に満ちていて、ユーリの胸をかき乱した。

翌週からサマーキャンプが始まった。ユーリは同じ地区のサポフやキヴェリジらと一緒に参加した。

七歳から十五歳までの少年達は、三か月もある夏休みの一か月以上を各地のサマーキャンプで過ごすのだ。ロシアの子供にとってそれは、長く短い、輝ける興奮と退屈の日々だ。

元はピオネール（ソビエト共産主義少年団）の施設であったモスクワ郊外のアルジャニキ国立児童野外教育センターで、ユーリは同級生達と再会した。その中にゾロトフの顔はなかった。またそのことを誰も話題にしようとはしなかった。

普段の生活から解き放たれた風景の中でも、みんなは自然とユーリの周りに集まってきた。学校での生活と同じように、キャンプでもユーリはリーダーだった。サークル活動の中心になり、課題を規則正しく進め、率先して遊び、小さい子の面倒を見る。キャンプファイヤーの火を点けるのは誰よりもうまかったし、女子よりもおいしいシチューを作った。喧嘩をしている者がいれば仲裁に入り、双方の話を聞く。ゲーム機を失くしたという者があれば一緒に探してやる。弱い者いじめをしている子には注意を与える。そんなユーリを見て、精肉店の息子のキヴェリジが感心したように——半ばは呆れたように——言った。

「凄いなあ、おまえは。さすが警官の息子だな」

例年であれば当然のように受け取っていたその言葉が、今年はユーリの胸に刺さった。

一か月のサマーキャンプを終えてモスクワに帰ったユーリは、ドミトロフスカヤ駅近くのマクドナルドの前でサポフやキヴェリジらと別れ、家に向かった。いつも近道に使っているブシャノワ小路が水道工事で通行止めになっていたので、公園を抜けていくことにした。公園といってもペンキの剝げたベンチが二脚あるだけの寒々とした小広場だが、近所の子供達にとっては恰好の遊び場となっている。

この季節、七歳以上の子供の姿は見られないが、何人かの幼児が空気の抜けた風船を囲んで遊んでいた。

汚れた服やキャンプ用品の詰まったリュックサックを背負い、公園の周囲に手入れもされず広がっている雑木林の合間を歩いていると、前方から歩いてくる親子連れが目に入った。

ゾロトフ親子だった。

ユーリは思わず足を止め、木々の合間で息を凝らした。

ネストルが頰に絆創膏を貼っているのはいつも通りだが、その横に並んで歩くゾロトフは、何事か楽しそうに父親に話しかけていた。ネストルもまたうっすらと微笑みながら息子の話に応じている。手にはそれぞれ買い物袋を提げていた。ごく当たり前の親子の姿であった。

教室では見たことのない、無邪気に輝くゾロトフの笑顔。父親の返した言葉に、心底愉快そうに笑っている。

彼は父親を愛しているのだ。ユーリはそう直感した。日頃あんなに虐待されながら。周囲に同年代の子供のいない夏休みこそ、彼が憚《はばか》ることなく親に甘えられる唯一の時期であるのかもしれない。

ネストルもまた、息子を愛していないはずはなかった。有名無実の廃れた掟とは言え、ヴォルのさだめに反してまで息子を手許に置いているのだ。みじめな暮らしをあえてともにしているのだ。

二人がユーリの潜む木立の前に来た。ユーリは気づかれないよう木陰に身を隠した。親子二人の時間を邪魔してはならない。ゾロトフのあの笑顔を打ち壊してはならない。

父と子は笑いながら通り過ぎた。穏やかな笑い声が一際大きく聞こえ、やがて遠ざかっていった。こちらには気づいていないようだった。ユーリはほっと胸を撫で下ろした。

しばらく待ってから、木立を出た。親子の後ろ姿はすでに小さくなっていた。歩き出そうとしたとき、ゾロトフが一瞬こちらを振り返ったような気がした。

はっとして目を凝らす。父親と並んだゾロトフは変わらず前を向いたままで、二人ともすぐに見えなくなった。

ゾロトフは自分に気づいていたのだろうか。

ユーリには分からなかった。背中の荷物が一段と重くなったように感じた。その重さに喘ぎながら、家路に就くよりなかった。

2

古い集合住宅には暖房はあっても冷房はない。人々は暑さしのぎに家中の窓を開ける。吹き込んだトーポリの綿毛が家具や床の上に真っ白に積もる。

木製の勉強机の上に溜まった綿毛をさっと拭き取り、ユーリは英語のノートと教科書を広げた。八月後半。間もなく夏休みが終わる。その年の課題はやたらと多く、まだ全部をやり終えてはいなかった。

残暑の厳しい日だった。八月のモスクワの平均気温は摂氏十六度を少し上回る程度だが、日中の最高気温は三十七度以上にも達することがある。それでも今年の暑さは格別だ。英語の教科書を音読し、いくつかの単語をノートに書き出す。三十分も続けていると、机に再び白い綿毛が溜まり始めた。集中力がどうにも続かなかった。ユーリはノートと教科書を閉じて立ち上がった。

「プールに行ってくる」

母にそう言い残して家を出ようとしたとき、マチュニンとサポフがやってきた。

「明日、叔母さんのダーチャ（別荘）に行くんだ。シャトゥラの湖の近くだ。兄ちゃんが車で乗せてってくれるって」

太っちょのマチュニンが言った。二人はユーリを誘いに来たのだ。心惹かれる話だった。長い休暇を郊外のダーチャで過ごす市民は多い。ロシアの国民的習慣だ。

「へえ、でも急な話だな」

「叔母さんの仕事が急に入ったらしい。明日モスクワに戻ってくるんだ。それで、夏の間は使っていいって」

マチュニンの叔母は、デザイナーだったかスタイリストだったか、確かそんな類いの自由業だと聞いた覚えがある。

「おまえら、課題はもう全部終わったのか」

「そんなわけないだろ」

なぜだか得意げにサポフが答えた。

「課題の残りは向こうでやればいい。三人でやればきっと早いさ」

「そうだ、そうだよ」

二人ともユーリのノートを当てにしているらしかった。

サポフは興奮気味に、

「行こうぜ、サマーキャンプと違ってうるさい大学生のリーダーもいないし」

「別に夏休みが終わるまでいるわけじゃないんだ。ほんの三日さ。こう暑いんじゃモスクワにいたって課題なんてできるもんか」

そう話すマチュニンは、現に傍目にも暑苦しいほど汗をかいている。

「分かった。父さんがいいって言ったら行く。今夜電話するよ」

夜になって帰宅した父は、ユーリの旅行を許してくれた。母はいつものように渋々ながら父に同意した。

すぐにマチュニンに電話した。

よかった、じゃあ明日の午後三時に家で待ってる、食料とお菓子を忘れるなよ――電話の向こうでマチュニンは浮き浮きとそう言った。

マチュニンの家はヴチェチチャ通りにある新しいアパートの一階だった。三時ちょうどに玄関のベルを鳴らすと、マチュニンが情けない顔でドアを開けた。

「旅行はなしになった」

「えっ」

「今朝になって叔母さんの仕事がキャンセルになったんだ。叔母さんはモスクワに戻らないって。兄ちゃんは怒って一人でどっかに出かけた。サポフもさっき来たけどもう帰った」

マチュニンは一息に喋るとドアを閉めた。

ユーリは呆気《あっけ》に取られてドアの前で立ち尽くした。文句を言ってやろうかともう一度ベルに指を伸ばしたが、思いとどまって帰ることにした。

昨日と同じく暑かった。無為に引き返す足がことのほか重い。

楽しみにしていた分だけ落胆は大きかった。あの無責任なマチュニンを信じた自分がとんでもない馬鹿に思えた。一生懸命リュックサックに菓子やノートや懐中電灯を詰め込んだ自分が。中止なら中止で電話の一本でも寄越せばいいではないか。サポフはきっとマチュニンに怒鳴り散らしたことだろう。

腹立たしい思いでドミトロフスカヤの駅前を歩いていると、ばったりゾロトフに出くわした。大きなショルダーバッグを抱えた彼は、どこかへ出かける途中であるらしかった。

「珍しいな、どうした、そんな顔して」

ゾロトフがあまりに素直に訊いてきたから、ユーリは思わず今しがた体験したばかりのいきさつを細大漏らさず語った。憤慨のあまり多少大げさになったかもしれない。

黒髪の少年は腹を抱えて笑った。ユーリは驚いた。彼がこんなに声を上げて笑うなんて。

「それでそんなにしょぼくれて歩いてたのか。とんだ間抜けだな」

返す言葉もなく突っ立ったままのユーリを残して、じゃあな、と地下鉄駅の昇降口に向かったゾロトフが、ふと思いついたように振り返った。

「おまえも来るか、俺と一緒に」

「どこへ」

ゾロトフは幼い悪戯っ子のような笑みを浮かべた。

「俺専用のダーチャさ」

咄嗟に同行の決意をしたのは、旅行が釈然としない形で中止となった憤懣を持て余していたせいかもしれないし、ゾロトフの提案する行先が冒険心をくすぐる魅力的なものに思えたせいかもしれない。いや、提案の内容ではなく、ゾロトフの笑顔そのものにうっかり引き込まれたような気もする。いずれにせよ、ユーリは地下鉄の車内で早くも後悔していた。普段の自分なら考えられないような成り行きだった。勢い任せにもほどがある。

二人はドミトロフスカヤからメンデレーエフスカヤまで、セルプホーフスカヤ・チミリャーゼフスカヤ線に乗った。その時間帯の地下鉄は空いていた。ドア近くの席に並んで腰を下ろし、言葉少なに列車に揺られた。

──その子にはあまり関わらない方がいい。

「ついてるぜ、おまえは。俺は誰にも教えるつもりはなかったんだ」

ユーリの内心を察したように、ゾロトフが囁いた。

「シャトゥラのダーチャなんかより、俺のダーチャの方が何倍も豪勢だぜ」

車体のようにユーリの心は揺れた。両親は自分がシャトゥラに行ったと思っている。行先が多少変わったとしても知られることはない。その思いは少なからずユーリを興奮させた。サマーキャンプでは決して味わえない感覚だった。

メンデレーエフスカヤで一旦下車し、乗換駅のナヴァスロボーツカヤまで地下道を歩く。そこから環状のカリツェヴァーヤ線に乗りカムサモーリスカヤへ。今度はソコリニチスカヤ線に乗る。

ソコリニキ駅で降りた二人は、長くて急なエスカレーターを使い、〈地下鉄建設の図〉のレリーフが施された大きな門を潜《くぐ》って地上に出た。日没まではまだずいぶんと時間がある。

ゾロトフはソコリニキ公園の方ではなく、ストロミンガ通りを北東に向かって歩き出した。ユーリはどこか後ろめたさを伴う高揚感を抱いて彼に並んだ。我知らず足が弾んでいた。

　しばらく進み、南に分かれるマトロスカヤ・チシナ通りに入る。

「着いたぞ、ここだ」

　ゾロトフが立ち止まったのは、さらに路地へと入った所だった。古いビルの並ぶ一角で、人通りはまるでない。目の前には、風雪にくすんだ高い塀があった。その向こうには鬱蒼とした木々の梢がかろうじて覗いているだけで、何があるのか外からは見当もつかない。

「こっちだ」

　ゾロトフはユーリを促し、塀に沿って進んだ。中の敷地はかなり広いようだった。右に折れると、今にも飛び立ちそうな綿毛をつけたトーポリの木が二本並んで立っていた。黒髪の少年は二本の木の枝を交互に伝い、巧みによじ登った。彼は肩のバッグを塀の向こうに投げ込み、続けて自らも飛び降りた。

「何してるんだ、早く来いよ」

　小さく声がした。ユーリは少年と同じ要領で木を登った。塀の向こうを見下ろすと、ゾロトフが黒い瞳でこっちを見上げていた。落ちないよう用心しながらリュックサックを投げ落とし、思いきって飛び降りる。

　衝撃はあったが、怪我もなく着地できた。ゾロトフはすでに木々の向こうから手招きしている。リュックサックに付着した湿った土を払い、背負い直して後を追う。植え込みを抜けると、明らかに革命以前に建てられたとおぼしき古いビルが佇《たたず》んでいた。

ゾロトフの話では、元々は証券会社の建物だったらしい。革命後は国家の所有物になった。モスクワの地図や台帳にはこの建物に関する記載はない。使用していたのは部署名も定かでないチェーカーで、ソビエト崩壊の前後に突然ここを放棄した。土地の払い下げを受けたオリガルヒは直後に時の政権と揉めて出国し、現在も海外在住のままであるという。帝政時代に築かれた資本主義の砦は硬直した官僚機構が往々にして生み出すエアポケットに嵌まり込んだ。そして誰に知られることもなく、モスクワの市内で今日までを長らえた。

「これが入口だ」

建物のドアや窓はいずれも漆喰で塗り固められていたが、下働きの従業員が出入りしていたらしき小さなドアが開いていた。ゾロトフはそこから中に入った。そのドアは塞いでいた漆喰ごと強引に破られたものらしく、ぎざぎざに裂けた木片が壁側からいくつも突き出ていた。

中はがらんとして広かった。あたりを包む冷気にすっと汗が引く。モスクワ全市にわだかまる残暑もここだけは避けているかのようだった。

人の気配はまったくない。話を聞いたとき、ユーリはホームレスやネオナチの巣窟になっているのではないかと密かに心配し、恐ろしくもあったのだが、どうやらそれは杞憂《きゆう》であった。

ゾロトフは用意していた懐中電灯のスイッチを入れた。ユーリもリュックサックからキャンプ用の懐中電灯を取り出した。あちこちを照らしてみる。床や壁一面に帝政時代の栄華を思わせる豪奢な装飾が施されていた。所々に埃を被った肘掛け椅子が放置されていた。天井は途方もなく高く、子供二人の懐中電灯の光では、荘厳で精緻極まる装飾のほんの一部を浮かび上がらせるにとどまった。

ユーリは我知らず歓声を上げていた。隠された秘密の廃墟はいつの世も少年の心を騒がせる。

「確かに凄いダーチャだな」

「言った通りだろう。俺達二人、一晩中騒いだって叱られやしないぞ」

こちらの反応を見てゾロトフは満足げに、また得意げに言った。

「でもまだまだ、ここまではほんの序の口で、本番はこれからさ」

「本番？」

「肝試しさ」

「なんだよ、それ」

「いいから来いよ」

ゾロトフは奥に積まれていた大きな木箱の方に向かった。一番上の箱を両手でつかみ、下に降ろす。

「手伝えよ」

ユーリは再びリュックサックを降ろして真ん中の箱に手をかけた。何が詰められているのか知らないがかなり重かった。一番下の箱をゾロトフが真っ赤になってずらすと、その下に黒い穴が口を開けていた。穴の縁にはパイプと鉄骨の端が突き出ていて、真新しいロープの縄梯子が括《くく》りつけられていた。その先は地下の暗闇へと消えている。

「一階にはどこにも階段はない。元々あった階段はきっと埋められたんだ。床に穴を開けたのは俺じゃないが、この梯子は俺が掛けたんだ」

そう言ってゾロトフは慣れた動作で縄梯子を下った。ユーリも後に続く。鼓動が高まる。昔父が読んでくれた冒険物語の主人公になったような気がした。

穴は思ったほど深くはなかった。縄梯子を四メートルほど降りると底に達した。地下室の床だった。押し寄せる冷気。一階よりもさらに冷たい。

懐中電灯で周囲を照らしながら怖々《こわごわ》と奥へ進む。広々としたホールになっていた一階と違って、地下は無数の小部屋に分かれていた。装飾は何もない。すべて四角いコンクリートの空間となっている。

二人は突き当たりの部屋に入ってみた。ドアは施錠されていなかった。中は黒いペンキでぞんざいに塗られていた。だが塗装にしてはあまりに杜撰《ずさん》な仕事であった。刷毛で塗らず、バケツを適当にぶちまけて済ませたようにさえ見えた。

なんだろう――おぞましい忌避感。肌が勝手に粟立《あわだ》つような。

「血の跡だ」

ゾロトフが愉しそうに言った。

「昔はここで役人が囚人を拷問してたんだ。民警や役所に連れて行けない囚人をな。言ってみればルビヤンカの出張所さ」

ペンキではなかった。血だ。それもおびただしい量の。

「それだけじゃない。国がここをなかったことにした後は、ヴォルが便利に使ってたんだ。取引や、その、いろんなことに。ヴォルは昔からここを知ってた。床に出入口の穴を開けたのもヴォルさ。親父から聞き出したんだ。昔威勢のよかった頃、親父はここで裏切り者のスーカを何人も痛めつけたってさ」

スーカ（雌犬）とは国家にすり寄る密告者のことである。

ユーリはたまらず身を翻して一散に通路を戻り、縄梯子をよじ登った。

「待てよ」

ゾロトフがすぐに追ってきた。下から声をかけてくる。

「だから肝試しだって言ったろう」

構わず元のフロアまで一息に登りきった。ゾロトフも舌打ちして登ってくる。

穴から顔を出したゾロトフに向かって、ユーリは声を荒らげた。

「おまえはこんな所で一晩過ごすつもりだったのか」

「どういう所かはちゃんと話した」

「でも、あんな跡があるなんて俺は少しも」

「考えれば分かることだろう」

一言もなかった。

地図に載っていないのは、国家が公表したくない用途に使用していたからだ。それが何かは決まっている。関係者は突然ここを放棄した。何があったかは分からないが、彼らはきっと文字通りに〈消えた〉のだ。最低限の擬装も隠蔽も行なう暇なく。そして混乱の中でオリガルヒが国の資産である土地と建造物を掠《かす》め取った。

「どうかしてる」

かろうじてそれだけ言った。

「目を背けるなよ、ユーリ・ミハイロヴィッチ」

それが自分から、という意味なのか、あるいは現実からという意味なのかは分からなかった。

「こんな所だから誰も来ない。今ではヴォルからも忘れられてる。静かでいいぞ。一人きりになるにはもってこいだ」

「じゃあ勝手に一人でいろよ」

床に手を突いて立ち上がったゾロトフは、近くにあった肘掛け椅子に身を沈めた。

ユーリは憤然と背を向ける。

ゾロトフがぽつりと言った。

「ときどき考えるんだ。『骸骨女』は何かって」

思わず足を止めて振り返った。

「おまえも見ただろう、親父の頬の刺青。あの絵柄には意味があるんだ。親父がしでかしたことの意味さ。でもヴォルにしか分からない。親父もそれだけはどうしても教えてくれない。あの絵の意味を、俺はここで考えるんだ」

いつの間にか彼の口調が変わっていた。ふざけた悪戯っぽいものではなく、またいいかげんで投げやりなものではさらになく、深く思い詰めた切迫感を孕んでいた。

「それで思ったんだ、あれはお袋の絵なんじゃないかって」

息を呑んで相手を見つめる。

「どうしてそう思うんだ」

ようやくそれだけ言った。

「どうしてって、別に理由はない。ただそんな気がするってだけさ」

「こんな所で考えるから変なことを思いつくんだ。おまえも早く帰った方がいいぞ」

「帰るって、あの家にか。家でもないゴミ溜めにか。帰っても飲んだくれた親父がいるだけだ。いつものように顔を突き合わせて一晩中怒鳴り合えってのか」

ゾロトフは朽ちかけた椅子に深々と座し、闇に塗り込められた天井を仰いだ。

「運命なんてただの影だ。臆病者だけがそれを見るんだ」

「どういう意味だ」

「言った通りさ。俺は運命を信じない。そんなものを信じる奴は最初から負けてるんだ。確かに俺は落ちぶれたヴォルの息子で、おまえは勇敢な警官の息子だ。でも役人は国や金のために人を殺す。警官なんてヴォルよりも腐ったろくでなしだ。前に俺とおまえは違うと言ったが、案外、俺達はおんなじなのかもしれないぜ」

「そんなわけない。おんなじなものか」

「おんなじさ、この下でおまえも見た通りだ」

ゾロトフは足で床を踏み鳴らしてみせる。

「それが言いたくて俺をここに連れてきたのか」

「そんなつもりじゃなかったけど……」

相手の顔に歳相応の困惑が一瞬覗いた。

「違う……でも、そうだったのかもしれないな……よく分からない。どっちにしたっておんなじだ」

「絶対におんなじじゃない」

『どうしてそう思うんだ』

ユーリの口調を真似て、ゾロトフは奇妙な笑みを浮かべた。いつものあの笑みだった。

「おまえはもう俺からの賄賂を受け取ってるんだ。警官が〈友達〉から受け取る決まりのあれだよ」

「なんのことだ」

「地下鉄の学生切符さ、でぶのマチュニンの買った」

「あれは……」

またも返す言葉に詰まった。

「今頃返すと言っても遅いぜ。おまえは盗品を受け取ったんだ」

「盗品だって？」

「そうさ、俺がマチュニンから盗んだのさ」

混乱する。理解できない。マチュニンのカードは鞄の中で教科書に挟まっていたのではなかったのか。

「引っ掛かったんだよ、おまえは。俺は自分で新しい学生切符を買い、それをマチュニンの教科書に挟んでから、盗んだ方をおまえに渡したのさ」

「どうして……」

声が出ない——どうしてそんなことをする？

「言っただろう、警官気取りのおまえには分からないことがあるって。たぶんそいつを教えてやりたかったのさ」

無言で身を翻したユーリを、ゾロトフはもう引き留めなかった。

帰宅したユーリは母にこっぴどく叱られた。

その日の夕方、マチュニンの母がユーリの母の勤めるキオスクに野菜を買いに来たという。それで母は旅行の中止を知ったのだ。

「さっさと帰ってくればいいのに、こんな時間まで一体どこへ行ってたの」

ゾロトフと遊んでいた、と答えると、母はさらに怒った。父ももちろん怒っていたが、相手がゾロトフだから怒ったわけではないようだった。ただ罰として団地内の廊下を夏の間毎日掃除するように命じた。ユーリは素直に受け入れた。

ソコリニキの廃屋とその地下で見たものについては、父にも母にも言えなかった。

新学期が始まった。登校したユーリはしばらくぶりにゾロトフを見かけた。互いに何事もなかったような顔をして、特に話はしなかった。ユーリは再会したクラスのみんなとの挨拶や冗談に忙しかったし、ゾロトフは休みの前と変わらず一人黙ってすべての級友から目を背けていた。

翌週からゾロトフはやはり以前と同じく授業を休みがちになった。担任をはじめとしてそのことに触れる者はいなかった。

その日は英語の課外授業が休講になった。ユーリはいつもの通り図書館に寄ってから帰った。例年にない残暑が続いていたので、冷房の効いた図書館で宿題と次の日の予習を済ませたのだ。

自宅では母が居間でテレビを見ていた。眉間《みけん》に皺が寄っていた。反射的に画面に目を遣る。ニュース番組を放映していた。カシルスコエ通りのハイパーマーケットで発生した強盗事件のニュースだった。店長室から金を奪おうとして失敗した犯人が店内で発砲し、負傷者が出たという。カメラは現場の騒然とした様子を伝えていた。

カシルスコエ通り――

母の緊張の理由が分かった。父の勤めるカシルスカヤ一八分署の管内だ。

ニュースは人質を取ろうとした犯人が民警に射殺されたと伝えていた。警察官の負傷者は特に報じられてはいなかった。

母は安堵《あんど》の息をついて立ち上がり、夕食の支度にかかった。ユーリは母に言いつけられた買い物に出かけた。家に戻ると母が不安そうに言った――お父さんから電話があって、別に怪我はないけど、今日は遅くなるって。

母と二人で夕食を済ませ、テレビを見た。九時のニュースでもハイパーマーケットの強盗事件を取り上げていたが、特に新しい事実はなかった。キャスターと解説委員が先月べリャーエヴォのハイパーマーケットで起きた同じような強盗事件について触れているくらいだった。その事件はユーリも記憶していた。確か人質になった子供が殺されたのだ。

十時のニュースで、射殺された犯人の写真と名前が出た。

「あっ」

ユーリは声を上げていた。

頬に刺青のある黒髪の男――ゾロトフの父だ。

母が怪訝そうに息子を見た。母はネストルに会ったことはない。が、ゾロトフという名前からすぐに察して顔色を変えた。

「ユーラ……」

息子に何か声をかけようとして、母は口ごもった。そして少し間を置いてから、思いきったように言った。

「これはおまえには関係ないことよ。お父さんにも。おまえは明日いつものように学校に行けばいいの。私達が考えることは何もないわ。いいわね、考えては駄目」

母はいつでも強いロシア人だった。社会の無慈悲と不条理とをすべて受け入れ、耐え、そして生きてきたロシアの母。

ユーリは考えていた。ゴミ溜めのようなスーパーの従業員室。そこで暮らしていた親子。『骸骨女』。ソコリニキの廃墟。一人きりで椅子に座った黒髪の少年。彼は天井の闇を見上げたまま身じろぎもしない。

テレビではネストル・ゾロトフは民警に射殺されたと言っていた。まさか、まさか――

父は日付の変わった午前一時過ぎになって帰宅した。早く寝ろと母にやかましく言われたにもかかわらず、ずっと待っていたユーリは、ベッドから飛び起きて玄関に向かった。

玄関に立っていたミハイルは予期していたように息子を見据えた。

その顔に、ユーリは直感した。父が撃ったのだと。

ハイパーマーケットに侵入した男は黒い目出し帽を被っていた。店長室で金品を物色しているところを発見された男は、発砲しながら広大な店内を逃げ惑った。従業員二名と買物客一名が被弾した。第一報を受けて同僚警察官らとともに署から駆けつけたミハイル・オズノフは、家具売場から非常口に抜けようとする犯人を発見した。男の走る先には逃げ遅れた女性とその幼い娘がいた。男は娘の襟をつかみ銃を突きつけようとした。ミハイルはすかさず男を射殺した。咄嗟の判断だった。

死後、男の覆面が剝がされた。右の頬に異様な刺青があった。ミハイルは初めて自分の殺した相手がネストル・ゾロトフであることを知った。

ミハイルは表彰され、各種メディアでも大きく報道された。前の月に起きたベリャーエヴォの強盗事件では、当局と犯人との交渉の挙句、人質の子供が殺されるという結果に終わっていたことも報道を過熱させた一因かもしれない。誰もが父を英雄と褒め讃えた。娘を救われた女性は「ミハイル・オズノフ警察大尉の勇敢な行動に感謝している」とテレビで語った。

だが当のミハイルはそれを誇ろうとはしなかった。とりわけ自分の息子には。

事件は学校でも話題になった。ユーリは〈警官の息子〉から〈英雄の息子〉になっていた。ソポフもマチュニンもキヴェリジも、頬を紅潮させてユーリの父の話をした。そして誰もがゾロトフ父子を罵った。ユーリは父への賛辞を誇らしく聞き、同時にゾロトフへの痛ましさを努めて心の隅へと押しやった。

アルセーニー・ゾロトフは学校へは来なかった。次の日も。その次の日も。

父も警察内で手を尽くして彼の行方を探したが、すべて徒労に終わった。

モスクワ郊外の地下には迷路のようになった暖房ダクトがあり、そこに無数の家出少年達が潜んでいるという。彼らの多くは地元の犯罪組織の使い走りとなって糊口をしのいでいる。民警も定期的に捜索と保護を行なっているが、全貌さえ把握できていないのが現状である。ゾロトフはその中にまぎれ込んだのではないかというのが父の推測であった。

数週間が過ぎた頃、ユーリはゾロトフ親子の住んでいたスーパーの跡に行ってみた。

従業員室のドアは開け放たれており、散らかったままの内部が見えた。すべてのものが白い埃を被っていて、もうずっと人の出入りはないようだった。食卓にしていたらしい事務机の前に、ゾロトフが通学に使っていた紺の鞄が放置され、教科書やノートがばらばらになって散乱していた。

黒髪の少年のその後はもう誰にも分からなかった。ただユーリの手に、少年が賄賂と言った一枚の学生切符が残された。

3

中等一般教育課程を終えたユーリは徴兵され一年間の兵役に就いた。多くの若者があれこれと兵役を逃れる手を使い、またそれが一般的な風潮でもあったが、ユーリは良しとはしなかった。

警察官になると両親に告げたのは、極東軍管区で除隊して配属先のウスリースクからモスクワの集合住宅に帰り着いた日の夜だった。

きっとそう言うと思っていたわ、と母は大仰にユーリを抱き締めた。ユーリは少々面映ゆく感じながら母の頭部を見下ろした。彼の身長は一九〇センチになっていた。

久々に親子三人が揃った夕食の席。ペリメニ。ピロシキ。ビーツのサラダ。鶏肉の中にバターを入れたキエフ風カツレツ。小さいテーブルに母の得意の料理が並んだ。ユーリの好物ばかりだった。

父は自分よりだいぶ背の高くなった息子に言った。

「おまえの性格はよく知っている。民警に入れば苦労するぞ。この国で警察官であろうとするのは、氷柱が炎の上でまっすぐなままでいるようなものだ。それでもいいのか」

父は在職中に共産主義体制の崩壊とその後の混乱を体験している。価値観の歴史的な転換点に居合わせた警察官の日常を、ユーリはまのあたりにして育ったのだ。

承知の上だと答えると、父は初めて嬉しそうに微笑んだ。

「こんな日の来たことが、警察官を続けた自分への最大の褒美に思えるよ」

そう言って父は息子のグラスに凍りかけのよく冷えたウォッカを注いだ。

「まっすぐに生きろよ。何があってもまっすぐにだ」

その夜の父は、ものごころついてからユーリが見た中で最も穏やかで寛《くつろ》いだ顔をしていた。その顔を見て初めて、ユーリは父が今までどれほどの緊張の中で生きてきたのかを悟った。

「イワンの誇り高き痩せ犬に乾杯だ」

『イワンの誇り高き痩せ犬』。それはモスクワ民警でのみ通用する符牒であった。権力の走狗《そうく》としての微かな自嘲と、人民を守る警察官としての大いなる矜恃。

酒を酌み交わす父と子に、母はキャビアとイクラをたっぷりと出してくれた。

二人で何度も乾杯《トースト》の言葉を口にした。

ロシアに。民警に。イワンの誇り高き痩せ犬に。


警察官養成機関で規定の訓練と研修を終え、マリイノの第七一民警分署に配属されてしばらく経った頃、父は死んだ。脳内出血だった。ロシア人男性の平均寿命は六十歳前後であり、先進諸国の中でも群を抜いて短いが、父の年齢はそれにも達していなかった。母によると、なんの兆候も感じられず、死の前日まで普段と変わりなく暮らしていたという。葬儀には多くの警官が集った。彼らは口々に父を讃え、ユーリの肩を叩いた。そして皆が言った――こんな息子を持ってミハイルは幸せ者だ。

葬儀の席で、ユーリは父と、父の歩んできた警察官としての道を想った。

父の死の直後はさすがに母も大きく気落ちしていたが、それでも持ち前の強さで徐々に元の生活を取り戻した。ロシアに生きる母親のおおらかな、且つしたたかな強さで。

「よかったわ、お父さんの亡くなる前におまえの制服姿を見せてあげられて。お父さんは本当に喜んでた。もしかしたら、あんまりほっとしたんで、それで気が緩んで逝ったのかもしれない」

中年を過ぎてめっきり太った母は、息子を見上げてしみじみと言った。

「お父さんは本当に立派だった。いつも正しくて、みんなの役に立とうとしていた。ずっと私の英雄だった。ロシア中捜してもあんな人はいやしない」

母の祖先は西ウクライナの農民だった。親族の密告により、曾祖父は反政府主義者として処刑された。大粛清の末期である。一族の記憶からか、母は警官嫌いになった。クズネツキー・モストの惣菜屋で働いていた頃、警察官になったばかりの父と出会った。以来、警察に対する母の印象は少しずつよいものに変わっていった。ひょっとしたら母は心の底では警察全体に対する見方を変えていなかったかもしれない。だが父という人を知って、警察の中に確固として存在する何か理想のようなものを見出したのだ。

「おまえもきっとお父さんのようになれるわ。可愛い私のユーラ、おまえは小さい頃からお父さんの後を追いかけ回してたわね。おまえには直接言わなかったでしょうけど、お父さんはいつもおまえを自慢してたのよ」

七一分署で制服警官として経験を積んだのち、ユーリは希望通り刑事に任命された。父と同じ現場捜査員としての第一歩を踏み出したのだ。二十二歳になっていた。

最初に配属されたカニコーヴァの第四五民警分署捜査分隊での日々は、しかし概ね失望と幻滅の積み重ねでしかなかった。民警に限らず、ロシアの公務員の給与水準は極めて低い。基本的に給料だけでは到底生活できるものではない。だから賄賂が社会的に必須となる。ロシア人なら誰しも理解していることである。が、それにしても蔓延する汚職の実態は度を超していた。

——おまえの性格はよく知っている。民警に入れば苦労するぞ。

父の言葉が今さらながらに思い出された。警察官の家庭に生まれ育って、民警の現実がどのようなものであるかは知っているつもりでいた。それでもユーリにはどこかで警察は別だという思いがあったのだ。犯罪と戦い、人の命を守る仕事である以上、引かれるべき一線が厳然としてあると。だがそれはなんの根拠もない思い込みでしかないと知った。そして父がどれほど現実と折り合いながら自尊心を保ち、家族を養ってきたのか、改めて痛感した。

また、旧態依然とした発想が根強く残っていることにも驚かされた。「肝心なのは逮捕することだ。後は告訴する理由を探せばいいだけだ」。ソビエト時代の格言である。民警職員の多くが未だにそれを信奉していた。

すでにロシア連邦国歌として復活を果たしたソビエト連邦国歌『祖国は我らのために』

と同様、匿名密告の習慣もいつの間にか蘇っている。民警という組織の内部は、NKVDやKGBの時代とまるで変わっていないように感じられた。

四五分署で勤務している間に、モスクワでは大きなテロが立て続けに起こった。いずれも北カフカスの武装勢力によるものだった。

まず年明け早々に中心部で同時多発爆破テロがあった。観光客や若者で賑わう繁華街に爆弾が仕掛けられたのだ。犠牲者数は三百人を超えた。半年後の六月にストロギノ市民ホール占拠事件が起こった。児童工作展と銘打たれたイベントが開催されていたストロギノの会場が、四十二人のテロリストに占拠された。人質となったのは四百人以上。多くは家族連れの市民だった。かねてよりテロとの対決姿勢を表明していた政府は終始強硬な態度を崩さず、一切の交渉なしにFSBのアルファ部隊に突入を命じた。テロリストは全員がPKP機関銃で武装しており、激しい銃撃戦となった。実行犯は一人残らず射殺されたが、アルファ部隊も多くの犠牲を出した。そして双方の銃撃に晒された人質の市民二百二十五人が死んだ。

この事件は特に大きな衝撃を国民に与えた。二〇〇二年モスクワのドゥブロフカ劇場占拠事件、二〇〇四年北オセチア共和国ベスランの学校占拠事件を誰もが想起した。それらの事件から当局は何も学んでいなかったのか。激しい非難の声が国の内外から湧き上がった。子供達の手作りの工作が無残に踏みにじられた現場写真がネット上で公開されてからは、非難はさらに高まった。フランスの記者によるスクープ写真だった。ことに、紙工作に取り巻かれて六歳くらいの男の子が眠るように死んでいる報道写真は、事件を象徴するアイコンとして全世界のあらゆるメディアを駆け巡った。

いずれの事件でもユーリは現場整理の応援に狩り出された。モスクワ中の若手警察官が動員されたのだ。通常の捜査どころではなかった。そのせいもあって、ユーリは刑事として経験を積む機会にも、もちろん功績を挙げる機会にも恵まれなかった。

しかしこの二つのテロ事件の影響によって内務省地域機構の地区レベルで大きな異動があり、その余波は民警にも及んだ。翌年ユーリは九一分署の捜査分隊に異動となった。

モスクワ第九一民警分署刑事捜査分隊捜査第一班。それがユーリに与えられた新しい職場であった。

ディナモ・スタジアムに近い署の建物はソビエト様式建築の老朽化したビルで、外見こそある程度の威厳を保っているものの、内部はロシアの役所の例に漏れず簡素であった。

初出勤の日の朝、やたらと広いだけの捜査分隊のフロアに入ったユーリは、コートをつかんで足早に出かけようとしていた男と出くわした。濃い金髪を短く刈った屈強そうな男だった。名前を告げると、男は強烈な眼光でユーリを一瞥し、素っ気なく「ついて来い」とだけ言って出ていった。ユーリは仕方なく男に従い、着いたばかりの署を後にした。

男はドミトリー・ロマーノヴィッチ・ダムチェンコ。ユーリが配属された捜査第一班の班長だった。

ダムチェンコはユーリに捜査車輛のラーダ・リーヴァを運転させ、ポリカルポヴァ通りに向かった。ハンドルを握るユーリは大いに緊張し、運転を誤らぬように注意しなければならなかった。ダムチェンコの名前は耳にしていた。民警きっての腕利きだという評判も。歳は確か三十代後半。寡黙であるとも聞いていた。実際にダムチェンコは必要最小限の情報を手短に伝えただけで、よけいなことは一切口にしなかった。ただこれから捜査の最前線に臨むという覚悟は重く厳しく伝わってきた。

三月のよく晴れた日であった。市街全体に残る雪が陽光を眩《まぶ》しく反射させていた。セーリチ小路に入って少し進むと、制服警官が道路を封鎖していた。レイバンのサングラスを掛けたダムチェンコの顔を見て、警官は慌てて道を空けた。集合住宅の手前で車を止めさせたダムチェンコは、大勢の警察官が出入りしている棟に入った。ユーリも急いで後を追う。

その棟の一階にある部屋が殺人現場だった。先着していた第一班の刑事が上司を案内した。ゴリラのように魁偉《かいい》な容貌の男だった。

「班長、こっちです。入ってすぐの居間で二人、浴室で一人。三人ともこの部屋の住人です」

凄惨な現場だった。家中に血痕があり、すべての収納や家具の引き出しの中身が散乱していた。

「家中が荒らされてます。金目当ての強盗ですかね」

焦茶色のウシャンカ（ロシア帽子）を被っているためか、その刑事はよけいにゴリラに似て見えた。彼はダムチェンコに状況を説明しながら胡散臭そうにユーリを見た。

「そいつは新人のオズノフだよ。配属は今日からだったか」

別の刑事が言った。初老のその刑事にユーリは見覚えがあった。父の葬儀に列席していた警察官の一人だった。

「プリゴジンだ。親父さんには昔世話になった。よろしくな。こっちの怖い顔はボゴラスだ」

小柄な老刑事に紹介されてボゴラスはユーリに小さく頷いてみせ、すぐにまた班長に向かって顔に似つかわしい野太い声で続けた。

「居間の二人はヴィクトル・ゼリンスキーと女房のガリーナ。浴室で死んでるのは息子のグリゴーリーです。ウチの連中は近所の聞き込みに回ってます」

ダムチェンコの指示で、ユーリもプリゴジンとともに早速聞き込みに回った。

四五分署の捜査員として一年の経験はあるが、贔屓目《ひいき》に見てもまだ見習いに毛が生えたような新人である。プリゴジンについて歩き、ひたすら学ぶことに徹した。決して居丈高にならず、穏やかな物腰で近隣の人々の話を聞くプリゴジンの態度は、どこか父に似たものを感じさせた。

それもそのはずで、彼は以前、ユーリの父の部下だったという。

「親父さんは凄い人だった。みんな一目も二目も置いてたもんさ。班長も駆け出しの頃は親父さんにしごかれたクチだぜ」

知らなかった。父の残したものが今も刑事達の間で受け継がれている。その思いは家々を訪ねて歩くユーリの足を軽くした。

〈殺されたゼリンスキーは妻のガリーナとともに市内で薬屋を営んでおり、夫婦ともに人に恨まれるような性格ではなかった〉

〈ドアにも窓にもこじ開けられたような形跡のないことから、犯人は被害者三人のうちの誰かと顔見知りであったと推測される〉

〈息子のグリゴーリーは三十一歳で、勤務先のノーニーン化粧品を一か月前に解雇され、両親と一緒に暮らしていた〉

〈その日は息子の誕生日で、夫婦はいつもより早めに店を閉めて帰宅した。そのため被害に遭ったものと思われる〉

そうしたことが第一班の捜査会議で報告された。スチーム暖房があまり効いていない九一分署の寒々とした会議室。参加者は班長のダムチェンコ警察大尉以下七人。この七人が一班の全捜査員である。班レベルの会議には中級幹部以上の管理職は出席しない。ユーリは末席でメモを取りながら集中して耳を傾けた。

「怨恨と物盗り、この二つの線から捜査を進める。物盗りの線は顔見知りだけでなく流しの犯行の可能性もまだ捨てられない。いいか、自分の目と耳と鼻を決して塞ぐな。最大限に使え。報告は随時行なうこと」

ダムチェンコは捜査の分担を決め、解散を告げた。ユーリはグリゴーリー・ゼリンスキーの交友関係の洗い出しを命じられた。

「よかったな、班長が着任のご祝儀をくれて」

会議室を出ようとしたユーリに、プリゴジンがそう声をかけてきた。

「なんのことでしょうか」

『目と耳と鼻を決して塞ぐな』だ。現場をよく見て、証言をよく聞き、常に勘を働かせろって意味で、あれはな、〈痩せ犬の七ヶ条〉の一つなのさ」

「痩せ犬の……なんですって？」

「痩せ犬の七ヶ条。言ってみれば俺達の捜査心得、極意みたいなもんだが、班長自ら初日に教えてくれるなんて、滅多にあることじゃないよ。最高のご祝儀だ」

老刑事は目を細めてユーリの腕を叩いた。

「班長は親父さんへの恩返しにおまえを一人前にしてやろうと思ってるんだ。あの人は口下手だから絶対にそうは言わんだろうがな。ま、しっかりやれよ」

そう言ってオレク・プリゴジンはにやりと笑った。

ユーリは恐縮してただ俯くばかりだった。

［一つ、目と耳と鼻を決して塞ぐな］

『九一分署の変人クラブ』。あるいは『最も痩せた犬達』。九一分署捜査分隊第一班の刑事達はモスクワ中の警官からそう呼ばれていた。半分は敬意で以て。残る半分は軽侮《けいぶ》で以て。

民警には汚職と賄賂が蔓延している。そもそも民警の警察官が組織内で出世するためには、上官に金を渡して考課表をよくしてもらわねばならない。それが常識である。しかしドミトリー・ダムチェンコの率いる刑事達は違った。彼らは犯罪者からの金、あるいは犯罪につながりそうな金は決して受け取らなかった。ただし、生活や仕事上の問題で苦しむ庶民から切実に差し出されるささやかな金だけは別だった。その場合は通例と同じに受け取って、密かに便宜を図ってやる。その信念と行動は、一見奇妙でありながら現実的なバランスの上に成り立っていた。すべての金を拒否していては生活できない。また賄賂を受け取っている他の警察官への批判と取られ、警察全体からの反感を買う。だから他の警察官からの冷笑が反感に変わらない程度に金を取る。それが市民の暮らしを守る役に立つのであるならば。

『イワンの誇り高き痩せ犬』を自称するモスクワ民警の中でも、とりわけ潔癖に警察官という職務に忠実であろうとする。『最も痩せた犬達』と呼ばれる所以《ゆえん》である。

ユーリは彼らの中に父の薫陶が息づいているのを感じた。そして自分がその群れの一員となったことに改めて発奮した。四五分署での日々とは違い、刑事として生きる手応えと充実感を初めて覚えた。

グリゴーリー・ゼレンスキーの元の勤め先での評判はあまり芳しいものではなかった。ノヴォシビルスク大学の自然科学部を卒業し、ノーニーン化粧品に入社。商品開発部で主に香水の研究開発に取り組んでいた。入社当初はそれほどでもなかったが、遊び好きで勤務態度は真面目だったとは言えず、生活は自堕落で不規則。遅刻や無断欠勤も多かった。もっとも、同社の環境も彼に悪い影響を与えたのかもしれない。ゼレンスキーと前後して数人の社員が立て続けに解雇されている。いずれも彼の遊び仲間であったという。

大体の報告をまとめて捜査会議に臨んだ。

「常習者、前科者、住所不定者を中心に強盗の線を当たりましたが、今のところそれらしい容疑者は浮かんでいません。現在モスクワ近郊にも範囲を広げて、常習者の移動がなかったか情報を集めているところです」

ゲンナージー・ボゴラスの報告。丸刈りにした頭にゴリラのような顔。筋骨隆々とした体軀。渾名《あだな》は見た目のままのガリーラ（ゴリラ）。その恐ろしげな顔と図体は、市中のチンピラや犯罪者を震え上がらせるに充分だった。

続けて若手のカルル・レスニクが報告する。

「夫婦の周辺からは何も出ませんでした。薬屋の経営はそこそこといったところで、決して派手なものではありません。得意客の評判はよく、商売上のトラブル等も一切確認されませんでした」

血気あふれる浅黒い顔。ユーリより一年早く九一分署の刑事になったというレスニクは、すでに最も痩せた犬達の一員として堂々たる自信を身につけていた。年齢はユーリより二つ上。歳が近いだけに、ユーリは自分も早く追いつかねばと意識せざるを得なかった。

レスニクの次はユーリの番であった。グリゴーリーの経歴、素行などについて一通り報告した後、同時期に会社を解雇された遊び仲間について触れた。

「中でもボリス・ペテューホフ、ダニイル・ラズヴァイロ、エゴール・ロパーチンらとは退社後も頻繁に会っていて、市内のディスコやクラブに入り浸っていました。いずれも同年代ということで気があったものとみられます」

「それだけか」

鋭く突っ込んできたのはリナト・シャギレフ。いつも不機嫌そうな顔をした癖毛の男で、言葉も態度も素っ気なかった。

「え……」

「それだけかって訊いてんだよ」

狼狽《ろうばい》しつつユーリは答えた。

「はい」

「そいつらは今どこで何をしている」

「そこまではまだ……」

情けなく言い淀んだ。

てしまった。

「子供の使いか、馬鹿野郎。四五分署で何をやってたんだ」

シャギレフの容赦ない叱責にユーリは一言もなかった。まさに子供のように恥じて俯い
てしまった。

「物盗りでないとするなら、狙われたのはグリゴーリーで、早めに帰ってきた親が巻き込
まれた、というところか」

険しい顔で部下の報告を聞いていたダムチェンコが考え込みながら言った。

「グリゴーリーの周辺を手分けして洗ってみよう。まずは交遊のあった元同僚の所在確認
からだ。ボゴラスは引き続き物盗りの線を当たってくれ。念のためだ」

意気消沈して会議室を出たユーリを、プリゴジンが励ました。

「気にするな、シャギレフはいつもああなんだ」

「いえ、指摘された通りです。詰めが甘かったと自分でも思います」

うなだれるユーリに、プリゴジンはため息をついて言った。

『尻尾は決して巻くな』

ユーリは顔を上げて老刑事を見た。

「それは……」

「これも七ヶ条の一つさ。何があってもへこたれずに食らいつけって意味だ。いちいち気

にしたり怯んだりしてたら俺達の商売はやってられない。そうだろう?」

「はい」

気持ちが少し楽になったように感じた。プリゴジンの好意とともに、ユーリは己の心に銘記した。

「一つ、尻尾は決して巻くな」


翌朝、出勤の支度を調えていたとき、携帯端末が鳴った。タイを襟に掛けながら応答する。レスニクからだった。

〈ペテューホフが殺された。すぐに来い〉

イズマーイロヴォの現場に直行した。責任を感じた。それが不必要であり、思い上がりであるとは分かっていても、感じずにはいられなかった。グリゴーリーの元同僚らについて、自分がもう少し詳しく調べていたら。

現場の雑木林にはダムチェンコをはじめ一班の刑事全員が集まっていた。ユーリの到着が一番最後だった。

ペテューホフの死体は泥濘《でぃねい》に頭を突っ込むような恰好で倒れていた。昨夜の冷え込みで周囲には霜が降りており、死体は氷像のように固く凍りついていた。一目で分かる暴行の痕跡。現場には犯人のものと思われる足跡が複数残っていた。

ダムチェンコはその場で六人の部下に命じた――ノーニーン化粧品とその退職者を調べ上げろ。


ユーリはグリゴーリーの元同僚のうち残るラズヴァイロとロパーチンの周辺を当たった。ツァリツィノ公園近くのルガンスカヤ通り。その付近でも一際古い集合住宅の一階のドアを叩いた。中から明るい声で返事があり、三十くらいの女が顔を出した。

「九一分署捜査分隊のユーリ・オズノフです」

身分証を示し、話を聞く。女はロパーチンの離婚した元妻イリーナ。ロパーチンとは十代で結婚して娘を儲けた。しかし五年前に離婚して以来、もうずっと会っていないという。ロパーチンについて知っている限りの情報を教えてくれたが、あまり役に立ちそうなものはなかった。

「いってきます」

イリーナの後ろから通学用の可愛らしい鞄を提げた娘が元気よく飛び出して、表へ駆けていった。娘のアンナだ。十歳になるという。

「いってらっしゃい。気をつけてね」

母は目を細めて娘の後ろ姿を見送った。

ユーリは丁重に礼を述べて母娘の住まいを後にした。回るべき所は山ほどあった。シャギレフの叱咤を思い出し、気を引き締めながら足を速めた。

調べた限りでは、四人の元社員の中でもラズヴァイロの評判が最悪だった。酒癖が悪く、粘着質。変質的な凶暴性。他の三人がほぼ同期の社員であったのに対し、彼だけは年齢的にも五、六歳下で、入社後一年経たずして解雇されている。

[主犯の可能性?]――ユーリは手帳にそう書き留めた。

「ノーニーン化粧品材料管理部の係長スプルネンコの挙動に不審な点が見られたので追及したところ、大量のフェニル酢酸が紛失していることを認めました。同社では原材料の横領が日常的に行なわれており、スプルネンコ自身も数度にわたって薬品を横流ししていたことから、紛失を認識しながら報告できなかったと供述しています」

ビティア・カシーニンの報告。強面《こわもて》揃いの一班の中で、彼だけは学者か教師のような生真面目で堅苦しい風貌をしていた。性格も几帳面で融通がきかない、そこが奴のいいところさ――とプリゴジンは言っていた。

「フェニル酢酸とは香水の原料の一つで、フェニル基と酢酸基を持つ有機化合物のことです。この化合物は、メタンフェタミンやアンフェタミンの原料になるフェニルアセトンの違法な製造に使われています」

「つまりゼレンスキーらは覚醒剤《リカルストヴァ》の原料を大量に握っていたということか」

ダムチェンコの質問にカシーニンは頷いて、

「はい。当時のノーニーン化粧品内部の状況から見て、ゼレンスキー、ペテューホフ、ラズヴァイロ、ロパーチンの四人がフェニル酢酸を横領したと見て間違いありません」

「まだ断定はできんが、おそらくそのブツを巡って起きた殺しだろう。仲間割れ、あるいはブツを狙う別の誰かか。取引で揉めたのかもしれん」

ダムチェンコは言った。八〇年代以降、日常的であった事件の典型である。横領、密売、殺人。特にソビエト崩壊以降は。ねじの外れたインフレと狂騒の中で多くの者が金を追い、金に死んだ。今もその本質は変わっていない。

「ラズヴァイロとロパーチンの所在は」

「不明です。二人とも四日前から行方をくらませたままです」

レスニクが即座に答える。

「プリゴジン、ボゴラス、カシーニン、それにレスニクはこの二人の所在確認と保護を急げ。すでに殺されている可能性もある。シャギレフとオズノフはブツの動きを当たってくれ」

班長の指示に全員が立ち上がった。

「よう、ヒマそうだな、ちょっと話を聞かせてくれよ」

マネージナヤ広場の裏通りで、シャギレフが二人組の売人に声をかけた。

「なんだてめえらは」

「民警だ」

「小遣いが欲しいんならとっとと帰れ。署にはちゃんと月々のものを渡してあるんだ」

「そういうんじゃねえんだよ、俺達は」

ユーリはシャギレフの背後に立って彼らのやりとりを見つめていた。

噛み合わない会話をのらりくらりと続けながら、二人の男の視線はあらぬ方へと動いている。

二人はいきなりシャギレフを突き飛ばして逃げようとした。同時にシャギレフの体が動いていた。一人は鼻血を噴いて倒れ、もう一人は足払いか何かをかけられ雪の路上に叩きつけられた。

一瞬の動きだった。呆れるほどの速さ。ユーリが制止する暇もなかった。

「俺達を甘く見るなよ」

足許の二人に向かい、シャギレフはこともなげに言った。ユーリはただ棒立ちになっている。

クロムハーツのサングラスを掛けたシャギレフは、ふて腐れた狼のようないつもの顔で二人に訊いた。

「最近大口のブツが動いたって話は聞いてないか。アンフェタミンかメタンフェタミン、それか原料のフェニル酢酸だ」

売人の一人が呻きながら財布を差し出した。

シャギレフはそれを蹴り飛ばし、

「そういうんじゃねえって言っただろ。俺達はダムチェンコ班だ」

「九一分署の痩せ犬か……」

男は目を見開き、いまいましげに漏らした。

「なんだよ、知ってんじゃねえか。だったら手間かけさせないで早く話せ」

「ボージンて売人があちこちに売り込みをかけてる。まだ動いたわけじゃないが、近々仕入れの予定があるらしい。きっと誰かがボージンにブツを持ち込もうとしてるんだ。俺から聞いたって言わないでくれよ。俺はスーカじゃないんだ」

「分かってるよ。それよりボージンの仕入れ先は」

「そこまで知るもんか。ちょっと耳に挟んだだけだ。なあ、本当に言わないでくれよ」

「心配するな」

シャギレフは悠々とその場を後にした。ユーリは慌てて彼を追う。

ユーリよりも三センチほど背が高く、十キロは痩せているこのひょろ長い男は、驚くほど腕っ節が強かった。しかも先に手を出してはいない。確かに相手が動くのを見極めてから反応していた。

「ボクシングか何かやってるんですか」

除雪された表通りの舗道を歩きながら、思いきって聞いてみた。

「昔かじった程度さ。今はやってない。刑事をやってたらトレーニングの時間なんてあるものか」

ぶっきらぼうな口調だが、シャギレフは真面目に答えてくれた。

「それにしても速かったですね」

「よく見てれば分かるもんさ。相手がどう動くかがな。一つ、『相手から目を逸らすな』だ」

「え、それは」

「七ヶ条の一つさ」

シャギレフはにやりと笑った。その笑顔には思いがけない愛嬌があった。

「もちろん喧嘩のための条文じゃない。今のは俺の勝手な応用だ。正しくは『相手の目を惹かず、相手から目を逸らすな』だ。つまり、自分は目立たぬようにしつつ相手の行動に注意を払えっていう捜査の極意さ。もっとも、俺はこういう性格だからどうしても目立っちまう。その気はないのにいつも相手の目を惹いちまうんだよ」

「一つ、相手の目を惹かず、相手から目を逸らすな」

シャギレフは確かに優秀な捜査員だった。自分は目立ってしょうがないとこぼしながら、彼は要所要所で聴取する相手の気を逸らし、その油断を衝いて情報を引き出す。自分の強面を逆用した実に巧みなテクニックだった。

その日のうちに、シャギレフはボージンの元にフェニル酢酸を持ち込もうとしている者達の名前を突き止めた。

署に戻ったユーリとシャギレフが捜査分隊のフロアに入ったとき、第三班の班長ブルダエフが声をかけてきた。

「おう、おまえら、いいところに来たな」

太ったブルダエフは両手で抱えていた段ボール箱を足許に降ろし、中からコニャックのボトルを抜き出して開栓した。

「ラスコヴォイ通りで手入れをやったんだ。例のデニソフの店さ。奴は盗品と知りながら法外に安く酒を仕入れてやがった。アルメニアのコニャックだ。それを根こそぎにしてやったよ。俺達の手柄だぜ」

もともと赤ら顔のブルダエフの顔が、普段よりさらに赤くなっている。すでに飲んでいるのだ。

「署内のみんなに回してるんだ。なんてったって俺達はモスクワ一気前がいいからな。さあ、遠慮するなよ、ぐっとやれ」

ブルダエフは親しげにボトルを勧めてくる。その目は少しも笑っていなかった。

「どうした、さあ早くやれよ」

彼の手にする酒は押収品である。警察官が勝手に飲んでいいものではない。だが民警では当たり前のように皆が飲む。飲まない奴は馬鹿であり裏切り者で、信頼に値する仲間ではない。好意と見せかけ、ブルダエフは二人に因縁を吹っかけようとしているのだ。

ユーリは必死に考えた。この酒を飲めば盗品の横領になる。かと言って、飲まなければ署内で確実に憎まれる。

そのとき、二人の背後から誰かが割って入った。ダムチェンコだった。彼はブルダエフの手からさっとボトルを取り、相手を見つめながら一口呷った。

「なかなかいい酒だな」

そう言って横のシャギレフに手渡した。シャギレフは上司にならい、無言で呷った。そして次に渡されたユーリも。

ブルダエフは肩をすくめ、段ボールを抱えて去った。

ダムチェンコは何も言わず二人に向かって頷いてみせ、自分のデスクに戻った。ユーリはこのとき上司の度量をはっきりと感じた。現実と妥協しながら戦う力強い意志のようなものを。そして一班の刑事達が彼に心酔する理由も。

「ブツの密売をボージンに持ちかけているのは、イーゴリ・ポドルスキーとクプリヤン・スリコフの二人組です。この二人とノーニーン化粧品元社員のラズヴァイロには接点があります」

午後十時に開かれた捜査会議の席上でシャギレフが報告した。

「ポドルスキーとスリコフはともに窃盗と傷害の前科のあるどうしようもない札付きで、二人とも現在の所在は不明。ラズヴァイロとはトヴェルスカヤ通りのクラブ『リアーピ』

いました。さらに周辺を洗ったところ、いくつかの証言が得られました。ポドルスキーとスリコフは、ラズヴァイロが元の職場の仲間と大量のフェニル酢酸を横領したことを嗅ぎつけたらしい。つまりこの二人が、ラズヴァイロと組んで儲けを横取りしようと図ったものと思われます」

翌日の捜査会議では、一班の刑事達によってさらに多くの報告がもたらされた。

ラズヴァイロ、ポドルスキー、スリコフの三人はいずれも多額の借金を抱えていること。マフィアから返済を厳しく迫られていたこと。ゼレンスキー、ペテューホフ殺害時刻に現場近くで目撃された人物の特徴がスリコフの人相に一致すること、三人のアパートにあった靴のサイズがそれぞれ現場に残された足跡のものと同じであったこと。特にポドルスキーの自宅で発見されたブーツは犯行現場の足跡と完全に一致したこと等々。

ダムチェンコは一連の事件をこの三人による犯行と断定した。

「借金を抱える三人は一刻も早く取引を済ませたいはずなのに、ボージンの元には未だブツが持ち込まれていない。四人の横領犯の中で、ラズヴァイロだけブツの隠し場所を知らされていなかったんだ。そこでゼレンスキーを締め上げて吐かせようとしたが、父親と母親が予想外に早く帰ってきたため断念せざるを得ず、全員を殺害。現場を荒らして強盗に見せかけた。次にペテューホフを呼び出して暴行したが、やりすぎて口を割る前に殺してしまった」

いきあたりばったりのどうしようもない犯罪。しかしファイルに記された三人の経歴からすると、それも充分に頷けた。

「四人の元社員のうち、残っているのはロパーチンだ。ゼレンスキー殺しに驚いて身を隠したが、横領の事実があるから民警に駆け込むこともできずにいるんだろう。ラズヴァイロ達も必死にロパーチンを捜しているに違いない。なんとしてもロパーチンを三人より先に見つけ出すんだ」

最も痩せた犬達はすぐさま雪のモスクワへと飛び出した。ダムチェンコ自身をはじめとする五人はロパーチンの捜索。ユーリとレスニクは上司の指示でラズヴァイロら三人の行方を追った。

土曜日だった。三月の心細い陽光は瞬く間に途絶えた。氷点下の市街を深夜近くまで歩き回ったユーリとレスニクは、リャザンスキー・ブラスペクトのカフェに入り、その時点で集まっていた情報を再検討した。

有望な線はほとんどない――それが二人の一致した分析結果であった。ポドルスキーとスリコフは姿を消す際に手掛かりを残していない。可能性があるとすればラズヴァイロの線だ。

日曜。早朝からユーリとレスニクはラズヴァイロの立ち回り先を当たった。〈感触〉があった。モスクワ南部コロボヴォの繊維工場。先年死去したラズヴァイロの伯父が経営していたが、今は無人で放置されているという。二人は顔を見合わせた。直感——根拠はないが二人同時に感じていた。ラーダ・リーヴァに乗り込んですぐにコロボヴォに向かった。

立入禁止と表示されたフェンスの前に車を停め、門を乗り越えて敷地内に入る。工場の通用口のドアが壊されているのを発見した。直感が確信に変わった。慎重に建造物内部へと侵入する。壁沿いに配された通路を進むと右側の部屋で微かに物音がした。人の気配。

ユーリとレスニクは目で合図を交わし、室内へと飛び込んだ。廃材の散乱した狭い部屋の真ん中に、椅子に縛りつけられた男がいる。意識を失っているようだ。すぐに駆け寄り、腫れ上がった男の顔を確かめる。

「こいつはロパーチンだ」

ユーリは声を上げた。同時に背後でけたたましい音がした。驚いて振り返る。廃材の陰に隠れていた男が躍り出て、鉄パイプで殴りかかってきた。二人は寸前で最初の一撃をかわしたが、空を切った鉄パイプの先がレスニクの左足首を強打した。よろめいたレスニクに向かって再度凶器を振り上げた男に、ユーリが体当たりを食らわせた。体勢を崩した相手に二人は左右から組みついた。激しい揉み合いになった。凶暴に抵抗する男の振り回す鉄パイプがユーリの喉を打った。苦痛に呻きながらもユーリは手を緩めなかった。やっとのことで二人は男を組み伏せ、手錠を掛けた。

男は手配中の容疑者の一人、スリコフだった。

「おい、どういうことだ。ラズヴァイロとポドルスキーはどこへ行った」

肩で息をしながらその場でスリコフから聴取する。

「捕まえたロパーチンをここに連れ込んで痛めつけたら、やっと吐きやがった。野郎、ビビって大事なブツをとっくに便所に捨ててやがったんだ。ラズヴァイロが怒り狂って、奴の女房と娘を殺してやるとか喚いてポドルスキーとさっき出てった。二人の死体を見せつけてロパーチンを死ぬまでいたぶってやるってよ」

ユーリはすぐに携帯でダムチェンコに報告し、ロパーチンの元妻と娘の保護を要請した。鉄パイプの当たった喉からはしゃがれた声しか出なかった。咳き込みながら血の混じった唾を足許に吐く。そのとき、廃材の下に転がっている注射器に気がついた。

愕然としてスリコフを問い質す。

「ラズヴァイロは覚醒剤《リカルストヴァ》をやっているのか」

「ああ、出ていく前にキメてったよ」

そんな情報はなかった。以前からの常習者であればすでに判明していたはずだ。ラズヴァイロはこの数日で自らも薬物に手を出すようになったのだ。

レスニクは苦痛に顔をしかめながらユーリに命じた。

「ツァリツィノならカシルスコエ通りを行けばここからすぐだ。おまえも行け」

彼の左足首は青黒く脹れ上がっていた。

「ここは俺に任せて、早く」

「分かりました」

身を翻したユーリに、

「待て」

「なんですか」

「『凍ったヴォルガ川よりも冷静になれ』」

ユーリは一瞬相手を見つめた。

「忘れるな。常に冷静でいるんだ。さあ行け」

頷いて工場を飛び出した。

「一つ、凍ったヴォルガ川よりも冷静になれ」

ラーダ・リーヴァに飛び乗ってカシルスコエ通りを直進する。ほんの数日前に会ったばかりの母娘の顔が目に浮かぶ。二人とも明るい笑顔を見せていた。

大丈夫だ、きっと間に合う――

ツァリツィノ署の警官がすぐに急行しているはずだ。一班の刑事達もツァリツィノに向かっているが、到着までにはまだ時間がかかる。ラズヴァイロは凶暴な男だ。目当てのブツがふいになったと知り逆上している。しかも覚醒剤の効いている真っ最中だ。焦る思いでユーリは捜査車輛のアクセルを踏み込んだ。打たれた喉が熱を持って痛み出していた。

カシルスコエ通りの路肩で車を停め、イリーナの住む集合住宅に向かった。予期に反してパトカーや警官は影もなかった。

湧き上がる不安を抑えながらドアを叩く。

「九一分署のオズノフです」

返事はない。なおも叩く。

隣の部屋のドアが開き、高齢の婦人が顔を出した。

「うるさいねえ、何度も何度も。隣は留守だよ」

ユーリはあからさまに不機嫌そうな婦人に向かい、しゃがれた声で尋ねた。

「ここに民警が来ませんでしたか。ツァリツィノの三六分署です」

「さっき来たけど、留守だって教えてやったらすぐに帰ったよ」

なんてことだ――

呆れるほどの杜撰な仕事だ。母娘がいつ帰ってくるかもしれないのに。事態の緊急性をまるで認識していない。

「どちらにお出かけかご存じありませんか」

「ツァリツィノ公園だよ」

念のために聞いてみたら、婦人はあっさりと答えた。

「イリーナとアンナの日曜の習慣でね。いつも散歩に行くんだ。地下鉄で帰ってくるのが二人のお気に入りなの。今日も三十分ほど前に出かけたのよ」

三十分前。

「それを警察官に伝えましたか」

「いいえ。別に訊かれなかったし」

礼を言って去ろうとした。背後で婦人が呟くのが聞こえた。

「民警やらなんやら、今日は本当に騒がしいこと」

足を止めて振り返った。

「民警以外にも誰かが来たんですか」

「ええ、民警の来るちょっと前に、若い男が二人、イリーナの行き先を知らないかって」

「教えたんですか、それを」

「いけませんか」

ユーリは公園に向かって走り出した。ルガンスカヤ通りをまっすぐに南下する。走りながら携帯を取り出し、ダムチェンコに報告する。

〈一刻も早く二人を保護しろ。こちらもツァリツィノ公園に直行する〉

ルガンスカヤ通りは鉄道の高架下を潜り、そのままツァリツィノ公園入口に至る。息を切らせて公園内に入ったユーリは、足を止めて周囲を見た。

右か、左か、それとも中央か――

どちらへ行くべきか分からない。近くに案内の表示板があった。右はポリソフスキー池の外周を巡るコース。中央は池に架けられた橋を通ってエカテリーナ女帝の離宮へ。左は広場の方へと続いている。さらにそれらをつなぐ遊歩道は広大な園内を縦横に走っていた。イリーナとアンナはどのコースを選んだのか。今どこを歩いているのか。まるで見当がつかない。

どっちだ、どっちなんだ――

どこまでも続く雪原。全体に重く雪を被って小山のように見える所々の森林。果てさえ見えぬ白い空間。自分の今いる場所がまるでシベリアの最奥部であるかのように錯覚された。途方もない広さが抗《あらが》いようのない絶望となってユーリを押し潰す。

でたらめに走り回っても駄目だ――

二人に遭遇する確率はゼロに等しい。冷たい汗が噴き出した。全力で走ってきたためだけではない。こんな所で足踏みしている間にも、ラズヴァイロとポドルスキーらが先に二人を見つけているかもしれない。駄目だ。どうすれば。

［一つ、凍ったヴォルガ川よりも冷静になれ］

レスニクが言っていた。痩せ犬の七ヶ条。冷静になれ。冷静に。

［一つ、目と耳と鼻を決して塞ぐな］

班長が教えてくれた。冷静になって、見たこと、聞いたことを思い出せ。

――地下鉄で帰ってくるのが二人のお気に入りなの。

地下鉄だ。案内図をもう一度点検する。園内ではない。園の外だ。母娘の家の最寄り駅はツァリツィノだ。そこへ戻るとすれば、ザモスクヴァーレツカヤ線だ。公園の東側出口のすぐ近くにアリェーハヴァ駅がある。

ユーリは躊躇なく走り出した。中央の歩道。宮殿から駅に向かうのだ。

すべての景色はただ一面の白の底に沈んでいる。それでも遊歩道は丁寧に除雪されており、散策する市民や観光客もちらほらと見られる。遊歩道は幾重にも分岐していて二人の選択した道を厳密に見分けることは不可能だ。ひたすらアリェーハヴァ駅の方向を目指すしかない。

氷結したポリソフスキー池の橋を駆け渡る。白い息と赤い唾を吐きながら全力で。

大丈夫だ、ラズヴァイロらも二人の跡を正確に追えはしない、三六分署も今度は本気で配備を固める、班長や仲間もすぐに駆けつけてくる——

今は博物館となった宮殿の横を、周辺に目を配りつつ走り抜けた。そして森に続く遊歩道へ。

緩やかにカーブする森の中の小径を走っていると、木々の合間を通して右手に二つの人影が見えた。立ち止まって目を凝らす。何事か楽しそうに語らいながら、ゆっくりと進んでいる。間違いない、イリーナとアンナだ。ユーリのいる歩道と並行する別の歩道を歩いているのだ。二つの歩道ははるか前方に開けた庭園の手前で合流している。すぐに走り出そうとしたとき、庭園の方からやってくる別の影に気づいた。遠く離れていてもはっきりと分かる歪んだ憎悪。ラズヴァイロだった。母娘の方に向かって歩きながらラズヴァイロが右手をダウンジャケットの内側に入れる。銃だ。

その姿はすぐに木々に遮られて見えなくなった。ユーリは咄嗟に遊歩道を外れて森の中に入り込んだ。

木立の合間に見え隠れしている母娘に向かって森を突っ切る。雪はそれほど深くはないが、それでも思うようには走れない。大声で呼びかけようとするが、喉からは家鴨《あひる》の断末魔のようなかすれた喘ぎ声しか出なかった。激しい咳に足がよろめく。焼けるように喉が痛い。危ない、早く逃げろ、そっちへ行くな――焦れば焦るほど声は出ない。

二人はまだ気づかない。イリーナもアンナも暖かそうな耳当てのある帽子を被っていた。

ユーリは走りながら携帯するマカロフ自動拳銃を抜いた。木々にまぎれてラズヴァイロの姿はやはり見えない。舌打ちする。雪に隠れた木の根につまずき転びそうになる。それでも咳き込みながら必死に走る。

イリーナがこちらを振り返った。

「危ない、伏せろ」

かすれた声を絞り上げるようにして叫ぶ。だが二人は棒立ちになったまま動けずにいる。

歩道の先でラズヴァイロがグロックを構える。

森を抜けた。ラズヴァイロの銃口は母娘に向けられている。その指が引き金にかかる。間に合わない。咄嗟に二人の前に飛び出した。銃声。腹に灼熱の感覚。母娘が悲鳴を上げる。

雪の上に倒れたユーリは、それでも握り締めたマカロフを突き出し、ラズヴァイロに向けて三発撃った。左肩に命中。ラズヴァイロが倒れる。ユーリは流出する自分の血を感じていた。脇腹の温かい感触が際限なく広がっていく。視界が暗くなる。空と雪の区別がつかない。ラズヴァイロが起き上がった。何か喚きながら銃口をこっちに向ける。

また銃声がした。ラズヴァイロが血を噴いて崩れ落ちる。その背後からマカロフを手に駆けつけてくるダムチェンコが見えた。

「班長……」

安堵したそのとき、薄れかけた視界の隅で何かが動いた。右だ。右手の森に誰かいる。気力を振り絞って叫んだ。

「班長！」

ダムチェンコのすぐ近くで凍った枝が弾け飛んだ。俊敏に身を伏せたダムチェンコが、右手の森に向かって応射する。木の陰でグロックを握っていたポドルスキーがのけぞった。

「しっかりしろ」

駆け寄ってきたダムチェンコに抱き起こされ、ユーリは薄目を開けた。

「二人は……」

「安心しろ、二人とも無事だ」

急速に力が抜けた。

「よくやった。おまえは俺達の仲間だ。俺達の息子であり弟だ」

その言葉をはっきりと聞いた。間近に見るダムチェンコの目は、確かに父と同じ刑事の目だった。

4

出血は多かったが、ユーリの脇腹をえぐった銃弾は幸いにも臓器を傷つけることなく貫通していた。

病院に見舞いに訪れたレスニクは感嘆したように言った。

「ロパーチンの女房と娘が礼を言ってたよ。おまえがかばってくれたおかげで命拾いしたってな」

あまりに面映ゆくてすぐには答えられなかった。班長が駆けつけてラズヴァイロとポドルスキーを撃ってくれなければ、自分も母娘も死んでいた。

「自分だけの力ではありません。あのとき［凍ったヴォルガ川］を思い出していなければ

「……」

「あれか」

　レスニクは照れ臭さそうに笑った。彼の左足首は石膏で固定されている。ユーリはまだ少ししゃがれたままの声で続けた。

「それに班長も。着任した日に七ヶ条の一つを教えてくれました」

「ああ、それとなく言ってたな」

　彼はダムチェンコの発言を覚えていた。

「班長がおまえの親父さんを尊敬してるのは知ってたが、来て早々に班長から七ヶ条を教えてもらえるなんて、正直あのときはおまえが羨ましかったよ。金髪の若造が、父親の七光で贔屓されてやがるってな。でもおまえは本物だった。とびっきりの新人だ。育ててくれた親父さんに感謝しろよ」

「はい」

　本当に感謝していた。父にも。レスニクにも。命を救ってくれたダムチェンコにも。

「痩せ犬の七ヶ条、俺も班長やみんなから教わったんだ。おまえはもう全部教わったか」

「いえ、まだ全部では」

「じゃあ、まだ俺の方が先輩だな。おまえも怪我なんか早く治して復帰しろ。残りも教えてもらえるように頑張るんだ」

レスニクらしい励ましに、ユーリは温かい気持ちになって頷いた。

「はい、頑張ります」

治療後の経過はよく、ユーリは間もなく職場への復帰を果たした。そしてレスニクに言われた通り、懸命に捜査に打ち込んだ。『最も痩せた犬達』の一員として、一日も早くすべての教えを身につけようと日々の仕事に勤しんだ。

ゴリラのような顔をしたゲンナージー・ボゴラスは、見た目に反し、誰よりも優しく繊細な人物だった。

その体格からシャギレフと五分に渡り合えるほどの腕力があり、粗暴犯相手には先陣を切って突入し大いに活躍していたが、彼の特性が見られるのはそうした猛々しい場面だけではなかった。むしろ精神的な強さが要求される局面において彼の本領は最大限に発揮された。

例えば被疑者が不幸な境遇から心を閉ざした少年少女であったとき。こうした被疑者に真心で接し、頑なに世間を憎む彼らの心を温かく解きほぐす。その力において彼の右に出る者はなかった。酸いも甘いも嚙み分けた老刑事プリゴジンも脱帽するほどで、シャギレフは「動物は天然だからな」などと憎まれ口を叩いていた。人々と優しく接する際、ゴリラのような彼の横顔は深い精神性を覗かせていた。

管内で発生した連続強盗事件をボゴラスが担当したことがある。身を粉にして捜査に打ち込んだ彼は、悪質な窃盗団を検挙した。一味の中には十四歳の少年も含まれていた。犯罪者達にいいように使われていただけの少年は、ボゴラスの奔走もあって起訴を免れ、更正施設での保護観察処分となった。その後もボゴラスは仕事の合間を見つけては、少年の元へと頻繁に足を運んだ。昔の仲間が彼を再び犯罪に引き込もうと狙っていたし、荒《すさ》み、いじけきった少年が立ち直れるかどうか、心配でならなかったからである。

施設や勤め先にたびたび現われるボゴラスを、少年は当然激しく憎み、反発した。

「ガリーラめ、もう二度と来るな」

そう罵られても、ボゴラスは怯まなかった。

「よく俺の渾名が分かったな」

とぼけるボゴラスに相手も呆れるしかなかった。見りゃわかるよ、と少年はうんざりとした様子で呟いた。

「おまえみたいな恐ろしい顔につきまとわれちゃ、向こうもいい迷惑だぜ。ほどほどにしとけよ」

冗談めかして忠告するシャギレフに、ボゴラスはこう答えたものだ。

「ああいう子には誰か構ってやる大人が必要なんだ。施設じゃそこまでやってくれないからな。俺もよく知ってるが、施設ってとこは、仕事をやってるって体面だけが大事で、仕事の中身は大事じゃないんだ」

複雑な家庭に育った少年に、ボゴラスはかつての自分を見ているらしかった。陰に日向に、ボゴラスは少年を守り、励まし、助言を与えた。根負けした少年がボゴラスの存在を受け入れ始めたかに見えた矢先、彼は再び周囲に対して不信感を露わにするようになった。

不審に思ったボゴラスは、それとなく少年の周辺を調べてみた。その結果、無知な上に偏見を持つ更正施設の職員が、少年達の個人情報を極めて杜撰に扱っている実態が判明した。個人情報の一部は、予定されている彼らの就職先にも流されていたのだ。

ボゴラスはただちに猛抗議を行なった。その行為は施設を管理する部局の怒りを買い、彼は一時失職の危機に晒された。それでも彼は少しも怯まず、ついには施設側に改善を約束させるに至った。その勇気と優しさは、少年の固い心の殻を決定的に打ち砕いた。

ユーリは彼に尋ねた——どうしてそんなに優しくなれるのですか。

「優しい？　俺が？」

「ええ」

　ボゴラスはにっこりと笑い、

「そうか、ならそれは自分を信じているからさ」

　そして続けて言った。

「今日までいろんなことがあったよ。いいこともあったが、つらいことの方が多かったな。それでも自分は今こうして生きている。自分が信じてきたことは正しかった。それだけは間違いない。逆に自分が信じられないと、自分が正しいと思うことも信じられなくなる。そこが揺らぐともう駄目だ。誰のためであっても前向きに戦えなくなる。自分が正しいと信じることのために、自分自身を信じるんだ」

　ボゴラスはえも言われぬ魅力と知性の宿る双眸で、ユーリに向かって微笑んだ。

「そうだ、『自分自身を信じろ』だ」

「一つ、自分自身を信じろ」

　その頃モスクワでは『サヴィッキー事件』が話題になっていた。二八分署管内で発生した事件で、武器密売人のステパン・サヴィッキーが取引相手であるマフィアの巣窟を単身で襲撃し、二人を射殺したが、銃撃戦の末に返り討ちにあって死亡したというのがその顚《てん》末《まつ》である。

サヴィツキーはなぜそんな不合理で自殺的な行為をしでかしたのか。サヴィツキーの死の一か月前には彼の息子が強盗に射殺されていた。すでに逮捕されている犯人はマフィアの末端構成員で、彼が犯行に使用した銃は、サヴィツキー自身が売ったものだったのだ。自分のさばいた銃で息子が殺されたと知ったサヴィツキーは、自責の念に耐えられず、自暴自棄となって犯行に及んだのであった。

大衆紙コムソモリスカヤ・プラウダがこの事件を大きく取り上げたことから反響が広がった。記事はすぐに『クロツキー』というタイトルでテレビドラマ化され、さらに評判となった。ドラマでは主人公は悩めるヒーローとして大幅に脚色された。主演は当時人気の喜劇俳優フョードル・アルバトフで、大衆の意表を衝いた彼のシリアスな演技は高い評価を得た。主人公クロツキーの売った銃で殺されるのは息子一人ではなく、妻と両親、合わせて四人に増えていた。また最後に殴り込んだ主人公が射殺するマフィアの数は、ボスを含めて十人以上に水増しされた。巷《ちまた》にあふれるケチな密売人の一人にすぎなかった男は、今や多くの人に知られるヒーローとなっていた。コメディアンであったアルバトフは、この作品で演技派のスターとして申し分のない成功を収めた。

ユーリも署内のテレビで同僚達と何度か放映を観た。美化された主人公や民警の描写にはさすがに全員が白けていたが、それでもボゴラスやカシーニンはかなり熱狂的に視聴していた。ボゴラスは主人公が息子の死に自らの罪を悟るシーンで涙ぐみ、カシーニンはクライマックスの殴り込みのシーンを「ロシアのテレビドラマとしては出色の出来」と評価した。

刑事というより学者か教師にしか見えないカシーニンの趣味は、押収された海賊版DVDの鑑賞であった。もっとも本人は「証拠品のチェック」であり、「厳然たる業務」であると主張していたが。班長のダムチェンコも苦笑いを浮かべ、「仕事は署内でやれよ」とだけ言って黙認していた。押収物を自宅に持ち帰って横領や私物化と非難されないよう釘を刺したのだ。

ビティア・カシーニンは署内でも一番の映画マニアであった。彼の趣味は相当偏っていて、古い映画、しかもアメリカ製のアクション映画を好んで観ていた。『ダイ・ハード』『ダーティハリー』『マイアミ・バイス』。その他ユーリが聞いたこともないタイトルの数々。

民警の刑事がソビエト様式建築の署内でアメリカの刑事物の映画に見入っている、その図はいささか滑稽で、どこか異様でさえあった。カシーニンに言わせるとロシアのアクション映画は「ダメ」だそうだ。「政治と同じで、形だけ資本主義を真似ても悲惨なだけだ」とも。

勤務が明けた後、少しでも帰宅の支度に手間取ったりすると、すぐにカシーニンに声をかけられた――手が空いてるんなら俺の仕事を手伝え。

〈仕事〉とは渡された課題をPCでチェックし、カシーニンに報告することである。課題は、例えば『フレンチ・コネクション』。いつの時代の映画かも分からない。見当外れなことを言ってしまわないように気をつけながらカシーニンに感想を述べる。なんのことはない、ユーリにとってはまったく学生時代の課題そのものであった。その意味ではカシーニンはまさしく教師であった。たまにユーリが当を得た感想を口にすると、彼は大きく頷いてひとくさり蘊蓄《うんちく》を語る。それを謹んで拝聴するのがユーリの時折の〈残業〉となった。

この珍妙な残業でユーリのわずかなプライベートの大方は吹っ飛んだ。

二人で一緒に視聴することもある。そこに下手なアクションがあったりすると、カシーニンはPCの画面を指差して言ったものだ。

「班長やシャギレフならもっとうまくやるぞ。ボゴラスでもいい。笑うなよ。ああいう顔が映画には要《い》るんだ。主演でもいいくらいだ。ウチの連中、スクリーン映えするのが揃ってるのに、もったいないとは思わないか。人材を有効に活用できていないのがロシアの現状だ」

これを大真面目に言うから返答に困る。ユーリからすると、ダムチェンコやシャギレフ、それに他のみんな——目の前のカシーニンを含め——は天性の刑事以外の何者でもなかった。

そんな〈残業〉の最中、いつもの蘊蓄にまぎれ込ませるようにカシーニンはさらりと口にした。

「いいか、映画とは編集だ。いくつかのシーンを並べ替えるだけで、そこに別の意味が生まれる。分かるか、捜査も同じだ」

はっとしてカシーニンを見る。

「一つ一つはつながらない手掛かりでも、見方を変えてみるといい。先入観を捨てて違う角度から眺めるんだ。そうすれば何かがつながってくるかもしれない」

「一つ、見方を変えて違う角度から見ろ」

何か礼を言おうとしたとき、カシーニンがPCの画面を指差した。

「うん、何度観ても基本はこれだな」

PCはモノクロの映画を再生していた。日本の映画らしかった。タイトルは『野良犬』だった。

しばらく経った頃、レスニクがにやにやしながら尋ねてきた。

「痩せ犬の七ヶ条、もう全部分かったか」

「いえ……」

ユーリは口ごもった。まだ全部は知らなかった。

「みんなが教えてくれました。一人一条ずつ。でも、自分を除くと一班の刑事は六人です。そうなると残りの一条は……」

レスニクはそう訊かれるのを待っていたというような顔で、

「それは自分で考えるんだ。きっとみんなそう言うだろう。答えがないっていう意味じゃない。全員知ってる。でも俺達はこれ以上手助けしない。なにしろおまえは七人目の刑事だからな」

ユーリは自分の甘えと至らなさを痛感した。最後の一条。それを自力で見つけ出したとき、自分は本当の刑事になれるのだと悟った。

カシーニンに勧められた映画の一本に『スタンド・バイ・ミー』と題された作品があった。八〇年代のアメリカ映画だ。夜勤明け、始発を待つまでと思い、独りデスクで観始めた。

刑事物ではなかった。アメリカの田舎町。夏休みのある日、主人公のゴーディと仲間の少年達はある噂を聞きつける。以前から行方不明になっていた子供の死体が三〇キロ先の森の奥にあるという。彼は人知れず列車にはねられたのだ。その死体を見つけ出せば町の英雄になれる。少年達は連れ立ってささやかな冒険の旅に出た——

観ているうちに名状し難い感覚に囚われた。自分も似たような体験をしたことがある。

いつ、どこで？

急激に思い出す。夏休み。ソコリニキの廃墟。隠された地下。拷問の跡。そして、埃だらけの椅子に身を沈めて天井を見上げる黒髪の少年。

似ている部分はほんのわずかだ。映画のゴーディ達は入念に準備して出かける。自分はたまたま駅前でゾロトフと出会って誘われた。ゴーディ達は雄大な森の中を歩く。自分が歩いたのは排気ガスの充満するモスクワの市街地だ。映画では旅に出る仲間は四人。自分はゾロトフと二人きりだった。そして自分はゾロトフとは友達でも仲間でもなかった。

〈肝試し〉の部分は共通している。ゴーディ達は死体を、自分は血痕を見つけた。いや、似ているようで大きく違う。主人公達の旅はリリシズムで以て締めくくられるが、自分はあのとき吐き気をこらえるのが精一杯だった。

旅の終わりに、ゴーディと親友のクリスはそれぞれ不安に揺れる互いの心のうちを晒し合う。そうだ、ゾロトフは言っていた——親父の頬の刺青、あの絵の意味を俺はここで考える、あれはお袋の絵なんじゃないかって。

しかし自分は後をも見ずに逃げ出した。廃墟にゾロトフ一人を残して。彼を取り巻くすべてはあまりにおぞましく、感傷や叙情の余地はかけらもなかった。

ゴーディは長じて作家となり、自分は刑事となった。『スタンド・バイ・ミー』は作家となったゴーディが、弁護士となったかつての親友クリスの死を知るところから始まる。自分はゾロトフのその後をまるで知らない。

親友のクリスを演じる少年の演技は素人目にも素晴らしかった。その年代の少年の瑞々しい感性を鮮やかに表現していると思った。検索してみると、クリス役の俳優はその後二十三歳で早世していた。それを知って、ユーリは言い知れぬ因縁めいた不吉さのようなものを感じた。死因がヘロインとコカインの過剰摂取であるということも一層その感を深めていた。

もちろん当時の自分はゴーディ役の少年とはまったく違うタイプであったし、ゾロトフもまた早死にした俳優とは似てもいない。それでもユーリは、自身の体験と重ね合わさずにはいられなかった。

それにしても――どうして自分は今日まであの夏の日を思い出さなかったのか。

作家となったゴーディが長らくクリスのことを忘れていたように、自分も警察の仕事に没頭するあまり過去を顧みなかっただけなのか。たぶん違う。冷え込みの厳しい早朝のオフィスで、ユーリはじっと考えた。多忙が忘れさせてくれるほど生やさしい記憶ではないはずだ。なぜなら、ゾロトフの父を殺したのは自分の父であったから。

警察官ミハイル・オズノフは、ヴォルのネストル・ゾロトフを射殺した。

母に言われた――いいわね、考えては駄目。

母は正しかった。考えては生きていけなかったのだ。父と違って自分は弱い。父の後を追い、警察官として生きていくため、あえて心の中から押し出したのだ。

闇の奥でずっと眠っていた骸骨女が、豁然《かつぜん》と目を開けて立ち上がる。狂おしい呪詛に満ちたその眼光。もはや打ち消しようもないと自覚する。ネストル・ゾロトフの刺青を最初に見たときから、自分は骸骨女の発する瘴気に感染していた。

出勤したレスニクが声をかけてくるまで、ユーリは身じろぎもせずに座っていた。自分はマチュニンの学生切符をどこにやってしまったのだろうと考えながら。

5

シフトの関係から一班の刑事の全員が宴席に顔を揃えることは滅多になかったが、さすがにその日は特別だった。

犯罪組織の大物グルシチャクを逮捕したのだ。グルシチャクは大企業と結託したヴォルであり、殺人、恐喝、麻薬密売などさまざまな犯罪に関与していた。政治家や役人にも金をばら撒《ま》いており、所轄の刑事が手を出せるような相手ではなかった。仮に逮捕できたとしても、すぐに保釈となるのは目に見えている。しかし今回は別だった。地道な捜査を重ねた末、一班は刑事として最大級の幸運に恵まれた。グルシチャクの十年前の殺人を立証する明白な物証が手に入ったのだ。他の犯罪の数々は告発できないが、これで少なくとも彼を長期間刑務所に入れておくことができる。新聞各紙も一面でグルシチャクの逮捕を報じ、彼が有罪を逃れるのは難しいと分析した。

分署近くのレストランで一部屋を借り切り、一班の全員で祝杯を上げた。

乾杯《トースト》！　最も痩せた犬達に！

最高の夜だった。仕事を忘れて何杯もグラスを干した。

シャギレフとボゴラスが殴り合いを始めた。いつも仲のよいこの二人は酔うほどに殴り合う。気持ちよく酔っている証拠だった。プリゴジンは「年のせいか、だいぶ弱くなっちまった」とこぼしつつ、若いレスニクと飲み比べてやすやすと勝った。全員に飲み勝つつもりでいたレスニクは早々に撃沈した。カシーニンはクロサワについて延々と語り始めた。クロサワとは映画監督の名前であることを、今ではユーリも知っていた。「クロサワにはロシア人の魂が入っている、そうでなければ『どん底』や『白痴』をあんなに美しく撮れるはずがない」云々。もちろん誰も聞いていない。ダムチェンコとプリゴジンは今回の捜査におけるユーリの働きを賞賛した。ユーリはレスニクと組んで、連日徹夜で証拠集めに駆け回ったのだ。班長と老刑事は何度もユーリの肩を叩いて言った――親父さんより背は高いが、おまえは親父さんにそっくりだ、おまえは俺達の息子であり弟だと。潰れているレスニクを除く全員がグラスを掲げた。俺達の息子に！　俺達の弟に！

珍しくダムチェンコも酔っていた。ユーリはタクシーでダムチェンコをベゴヴァーヤ通りまで送っていった。

酔い潰れたダムチェンコに肩を貸し、深夜の集合住宅の階段を上った。二階の端が彼の部屋だった。

「班長、着きましたけど、鍵は……」

酩酊したダムチェンコの返事は要領を得ない。どうしようかと考えていたとき、ドアが中から開けられた。顔を出したのは若い女だった。ユーリは驚いた。ダムチェンコは独り身だと聞いていたからだ。

「妹だ」

ユーリの肩に寄りかかっていたダムチェンコがぽつりと言い、すぐにいびきをかき始めた。

「すみません、とにかく中へお願いします」

そう促され、我に返ったユーリは正体のない上司を室内に運び込んだ。

それがリーリヤとの出会いであった。

工場勤めだった両親を早くに亡くしたダムチェンコは、年の離れた妹リーリヤの親代わりになって働いてきたという。リーリヤもまた義務教育を終えるとすぐに働き始めた。スタローヴァヤ（大衆食堂）の手伝い、地下鉄駅の掃除係など何度か職を変え、二十歳になった現在はノヴォデヴィッチ修道院近くの古本屋で店番をしていた。最低限の教育しか受けられなかったリーリヤは、好きな本にずっと触れていられる今の職場が心底気に入っているようだった。

兄より明るい金髪で、兄より明るい性格だった。ベルニサージュの蚤《のみ》の市で買ったような流行《はや》りとは無縁の服をさっぱりと着こなして、店では往年のインテリゲンチャを思わせる気難しそうな老人や、孫の絵本を買いに来た老婦人の相手をしていた。古本屋の棚の前でしめやかに佇む彼女の姿は、古き良き時代――そんなものがあったとして――の理想と知的好奇心にあふれる伸びやかな魂を体現していた。

彼女は高尚で深遠なロシア文学について、またソビエト時代の素朴で愛らしい絵本について、実に生き生きと話してくれた。その相手をしながらユーリは思った――内容がよく分からないのは同じであるのに、カシーニンの映画の話を聞いているとき以上に心弾むのはなぜだろう？

ユーリがリーリヤと交際するようになっても、ダムチェンコの態度は変わらなかった。署内ではいつものように無愛想で、いつものように厳しかった。しかしリーリヤは「兄さんはとても喜んでくれてるの」と嬉しそうに語った。ユーリもそう感じていた。私生活面でのダムチェンコの不器用さは理解している。寡黙ながらも温かい目でダムチェンコは二人の交際を見守ってくれていた。

ユーリはリーリヤを自宅での夕食に招待した。今もキオスクで野菜を売る母は、一目で彼女を気に入った。「いい娘《こ》だわ」と何度も言った。「本当にいい娘。お父さんにも会わせたかった」と。

多忙の合間にもユーリはレスニクとともに逮捕術の講習に積極的に参加した。鉄パイプを振り回すスリコフを取り押さえるのに手間取ったばかりか、二人して情けなく殴打された反省からだ。講師にはOMON（特別任務民警支隊）の隊員もいた。彼らの指導は極めて厳しく、脱落して顔を見せなくなる警察官も多かった。リーリヤは二人がまた怪我をするのではないかといつも心配していた。

警察の逮捕術は敵の殺傷を目的とする軍隊と違い、逮捕を前提としている。講習で指導される技は、柔道、合気道、システマ、バエヴォエサンボ（コマンドサンボ）など、さまざまな格闘術を組み合わせたものであった。

講師であるOMON隊員の動きは流れるように滑らかで美しかった。相手と組み合った瞬間に叩き伏せ、一動作で押さえ込む。相手の抵抗を不能とする投げ技、寝技、そして絞め技の数々。ユーリはひたすらレスニクとともに汗を流した。最も痩せた犬達の一員として、二度と醜態を晒したくはなかった。

講習の後にはリーリヤの差し入れてくれる魔法瓶の紅茶を飲んだ。甘く温かい飲み物は、疲れた体を心地好く癒やしてくれた。

ゆっくりと季節は過ぎた。一日が過ぎるごとに充実感が深まり、一週間が過ぎるごとに自信が深まった。そして一か月が過ぎるごとに愛が深まった。ユーリは彼女との人生を漠然と思い描くようになった。

メドベージェフの警察改革令により『民警《ミリツィヤ》』の名称は『警察《ポリツィヤ》』に変わっていた。しかし名前が変わっただけで警察組織の実態は何も変わらなかった。腐敗の根絶を目指すこの新しい警察関連法の発効で、裁判所の命令なしに〈有害〉なウェブサイトを閉鎖する権限が警察に与えられたが、刑事捜査分隊のユーリ達にとってそんなことはまったくの関心外だった。もっとも、新法の発効を待たずとも既存の連邦コミュニケーション法によって、当局によるサイトの強制閉鎖は以前から合法的に行なわれていたのだが。

何も変わらず、ただゆっくりと過ぎていく。正教会の聖堂もスターリン様式の大建築も、季節の風に揺るがず、時に揺るがず、流れる雲の下にある。猥雑な現実の中で、ユーリはひたすら日々の事件と日々の業務とに追われていた。事件と業務の合間には、リーリヤと過ごすわずかな時間。おまえは近頃ちっとも俺の〈仕事〉を手伝わない、そうカシーニンがこぼすと、野暮を言いなさんなとプリゴジンが笑いながらたしなめた。

急にシフトが変更になって時間が空いたようなとき、ユーリは決まってリーリヤが勤める古本屋を訪ねた。彼女はいつも店にいて、いつも本の整理をしていた。こちらの入ってくる気配に振り返り、本を手にしたまま嬉しそうに微笑むのが常だった。小さな天窓のある店で、そこから差し込む光が、薄暗い店内に穏やかな陰翳を与えていた。緩やかに舞う埃の中に佇むリーリヤの微笑みは、天窓の光を受けて一際優しく輝いて見えた。

店にほど近いモスクワ川に沿って歩くこともしばしばあった。明るく開けた散策路はモスクワの最も美しい表情を見せてくれた。モスクワのあらゆる路地を歩き尽くしたユーリが知らない表情だった。その道でリーリヤは楽しそうに笑い、お気に入りの詩編を口にした。

夏には川を行き交う水上バスが見えた。冬には銀の鏡のように凍った川面《かわも》が見えた。一年を通して素晴らしい道だった。互いの心を通わせるには最適の。

その日もいつものように川岸を歩いていた。よく晴れた初秋の午後。モスクワにわだかまる排気ガスが一片残らず消え失せたかのように、景色が鮮明に見渡せた。普段はほどよい所で切り上げる二人が、会話に熱中するあまり、気がつけばルシュネツキー橋の近くまで来てしまった。

いっそガーリン広場まで足を伸ばそうかと話し合っていたとき、二人は前方からやってきた若い女性の一団とすれ違った。明らかに学生だった。場所柄からするとモスクワ大学だろう。垢抜けた服や小物で身を飾り、陽気に笑いさんざめいている。エリート富裕層の子女だ。彼女達とすれ違ったとき、リーリヤの口許がわずかに強張っているのにユーリは気づいた。刑事という職業に従事する身であるからこそ察し得たごく微かな変化である。

どうかしたのかと問うと、いいえ別に、と軽い答えが返ってきた。口調に反して、それは決して明るいものではなかった。普段のリーリヤからすると考えられないほど素っ気なく感じられた。

すれ違った女学生達の中に知人でもいたのだろうか――

いぶかしみつつも、ユーリはあえてそれ以上触れなかった。

二人はすぐに元の話題に戻り、ガガーリン広場で散策を楽しむことに決めた。心なしかその日の会話は、いつものように弾まなかった。

それから何日か経ったある晩、ユーリはリーリヤとワフタンゴフ劇場で『罪なき罪人』の上演を観た。誘ったのはリーリヤだ。終演後、ライトアップされたアルバート通りを歩き、小さなカフェで話をした。リーリヤは熱っぽい口調で芝居の感想を語った。ユーリは微笑み、頷きながら聞いていた。リーリヤが素晴らしいというのなら、きっと素晴らしい芝居だったのだろう。

夢のよう、と彼女は言った。芝居の話ではなかった。仕事の後に誰かと芝居を観てお茶を飲む、そのこと自体が長い間彼女の夢であったのだ。仕事に追われる彼女の兄は、芝居や物語といった文芸の一切と無縁であった。

紅茶に添えられたジャムを口に運びながら、リーリヤはこうも漏らした——私もせめて専門学校に行ってみたかった、他の女の子達みたいに。

そのとき初めて、ユーリは女学生達とすれ違った際にリーリヤが浮かべていた表情の意味を察した。

詩や小説に惹かれながら、中等教育さえ受けられずに働かなければならなかったリーリヤの鬱屈。密かな嫉《そね》み。屈託のない普段の横顔の下に隠された心情が、西欧風の明るく洒落た店内で思わずこぼれ出たのかもしれない。そのときユーリは、彼女をより身近に愛おしく感じていた。

二人はまた〈例のこと〉についても話した。最近二人の間で時折話題となる、挙式の時期についてのこと。

秋がいいわ、とリーリヤは言った。モスクワの一番美しい時期に式を挙げるの——

妙に平凡な表現で夢を語った。普段は美しい韻文さえそらんじてみせるリーリヤが。

なにげない夢。なにげない時間。そうしたものはすべて凡庸なのだろう、だから本当に大切なのだろうとユーリは思った。

カフェを出てキエフスカヤ駅まで歩き、ウクライナ風の装飾も華やかなカリツェヴァーヤ線の改札でリーリヤを見送った。そしてフィリョーフスカヤ線に乗るため地下道を歩き出そうとしたとき、眼前に立っている男に気づいた。

唐突な再会だった。年月が経っているにもかかわらず、誰であるのか一目で分かった。漆黒の髪、漆黒の瞳。

「しばらくだな」

声は少年時代と変わっていた。もとより風のようであった声が、凍てつく寒気となっていた。

大勢が足早に行き交う夜の地下道で、二人の時間だけが凍ったようだった。周囲の白い大理石に反響する喧噪さえ消えている。

「ゾロトフ……」

呻くように漏らしたユーリに、相手は声もなく嗤った。

「それは昔の名前だ。今の俺は〈影《ティエーニ》〉だ」

漆黒の男がゆっくりと歩み寄ってくる。アルマーニのシャツの首筋から、刺青がわずかに覗いていた。

「そうだ、俺はヴォルになったんだ。親父と同じにな。親父の通り名は〈鴉《ヴァローナ》〉だった。だから俺は〈影〉ってわけだ。もっとも、この名が付けられたのには別の理由もあるらしいが、俺にとってはどっちだっていい」

別の理由——憂愁の甘い目許にどうしようもなく滲む翳。

「おまえも父親と同じに警官になったそうだな。『最も痩せた犬達』か。大した看板だ」

ゾロトフが……今どうしてここにいる？

「俺を見張っていたのか」

「まさか。偶然さ」

嘘だ。

「なんの用だ」

ヴォルは犯罪者であり、自分は警察官だ。決して馴れ合うわけにはいかない。それだけではない。自分は彼に憎まれて当然だ。ゾロトフには自分を憎む権利がある。遠い過去に背負った負い目。だが本能的な反感が自分の語尾に表われていたのを自覚する。

「祝福と感謝と忠告さ」

「なんだって？」

「グルシチャク逮捕のお祝いを言いに来た。それはまた感謝でもあり、忠告でもある」

　意味が分からない。

「グルシチャクはモスクワで最も力のあるボスの一人だ。所轄の刑事風情がよく逮捕できたものだ。心から健闘を讃える。同時に心から礼を言う。奴がいなくなってくれたおかげで、燻《くすぶ》ってる俺にも少しは浮かぶ目が出てきた。それが感謝だ」

「忠告は」

「グルシチャクはヴォルだ。いくらヴォルの権威が地に墜ちたとは言え、監獄内での勢力に変わりはない。気をつけろよ。おまえがこの先、ロシアのどこでもいい、刑務所や拘置所に入ることになれば、一晩で殺される。二晩は保たない。断言する。おまえだけじゃない、ダムチェンコもシャギレフもレスニクも、最も痩せた犬達はみんな、一日でも監獄に入ったらそれがこの世の見納めになる。俺の心からの忠告だ。それでなくてもおまえ達はモスクワ中の悪党から目の仇《かたき》にされてるんだからな」

　声もなかった。ただ立ち尽くして目の前の〈影〉を見つめていた。

　影は一転して感慨深そうに、ユーリの耳許で囁いた。

「ヴォルの息子がヴォルになり、警官の息子が警官になった。俺達の間には、やっぱり妙な因縁があったようだぜ」

　凍っていた時間が再び動き出し、長い黒髪のヴォルは流れ去る雑踏の中に消えた。

ユーリはそのまま動けなかった。

――運命なんてただの影だ。臆病者だけがそれを見るんだ。

かつて少年は、自らの境遇に抗うようにそう言った。成長した彼は、運命を受け入れてヴォルとなったのだろうか。それともヴォルとなることで運命を拒否し、自らの人生を切り拓いたとでもいうのだろうか。

『スタンド・バイ・ミー』のセンチメンタリズムとはほど遠い陰惨な現実だ。映画では主人公の親友は、自らの家庭環境を嘆きつつものちに弁護士になった。ゾロトフはヴォルだ。ヴォルとなって過去から自分に会いに来た。恨み言を言うためか。父親を射殺した警官の息子に。だが今のゾロトフにそんな素振りはまるでなかった。むしろ少年の頃よりも生き生きとして見えた。それがかえっておぞましかった。

ゾロトフのことは署の誰にも話さなかった。親しい仲間であればあるほど、ゾロトフとの因縁を打ち明けるのは困難だった。

自分の心の奥底をどう説明していいか見当もつかない。自分は彼を憎んでいるのか、怖れているのか、あるいは哀れんでいるのか。それさえ判然としなかった。

地下鉄の学生切符のいきさつ。骸骨女。ソコリニキの廃墟。射殺されたハイパーマーケットの強盗。新聞の紙面を飾る父の写真。すべてのニュアンスを正確に伝えられる自信は到底ない。下手な話し方をすれば、父の名誉を傷つけるような気がした。人質を救うため強盗を射殺した父の判断は間違っていない。断言できる。なのに自分がゾロトフにこだわることによって、それを疑っているように受け取られかねないのも本意ではなかった。

嫌がらせでしかない〈祝福〉と〈感謝〉はともかく、〈忠告〉にしても、ダムチェンコをはじめとする一班の刑事達にとっては今さら言われるまでもなく承知のことだ。犯罪者からの恨みを怖れていては刑事などやっていられない。刑務所内におけるヴォルの力も全員が知っている。だが最も痩せた犬達が犬舎ならぬ獄につながれることなどあり得ない。

ユーリは影に怯える自らの弱さを叱咤した。

組織犯罪対策分隊の捜査員と話す機会があったとき、それとなく訊いてみた。相手はティエーニの名を知っていた。今モスクワで売り出し中のマフィアの中でも力のある若手ということだった。暗澹《あんたん》とした気分になった。

数日して自宅に一枚の封筒が届いた。中には真新しい地下鉄の回数券が一枚きり。他には何も入っていなかった。封筒に差出人の名前はなく、ポヴァルスカヤ通りの住所だけが記されていた。差出人は明らかだった。

回数券に記された日付は一昨日のものである。わざわざ購入して送ってきたのだ。嫌がらせのつもりか。あるいは〈賄賂〉。

——おまえはもう俺からの賄賂を受け取ってるんだ。

ソコリニキの廃墟で聞いた言葉が頭の中で反響する。

回数券と封筒を、ユーリはためらわずに団地内のゴミ捨て場に投げ込んだ。

6

署内でデスクワークに勤しんでいたユーリとレスニクに、ダムチェンコが声をかけてきた。

「ちょっと付き合え」

珍しく二人を昼食に誘った。ただのランチとは思えなかった。案の定、ダムチェンコは署内の食堂や近所の店ではなく、車でホテル・ナツィオナーリに向かった。刑事が昼飯に寄る所ではない。

ホテル内のレストラン『モスコーフスキー』の個室で三人を待っていたのは、ドメスティックブランドのスーツを着た男だった。官僚だと一目で分かった。痩せて尖った顎とくぼんだ頬が鋭く怜悧《れいり》な印象を与えていた。銅《あかがね》色の髪を丁寧に後ろに撫でつけたその男は、内務省組織犯罪対策総局のエドゥアルト・セミョーノヴィッチ・バララーエフと名乗った。歳は見た目より若く三十一で、密輸取締担当中佐であるとのことだった。

「私はずっと君達のような捜査員を探していたんだ。一時はほとんど諦めていたくらいだ。現在のモスクワで腐敗を免れた警察官など本当にいるのかとね」

グルシチャク逮捕に感動した彼は、捜査の現場について独自に調査し、九一分署捜査第一班の実績を知った。そして組織を通さず、個人的にダムチェンコと連絡を取ったのだという。バララーエフはダムチェンコ班の在り方を高く評価していた。

「理想だけでは腐敗の連鎖を断ち切ることは到底できない。断固たる意志と、同時に柔軟な発想とが必要なんだ。改革令一つで警察が変わるなら世話はない。メドベージェフも本気で警察が改革できるとは思っていないだろう。しかし、誰かがやらなければならない。誰か、ではなく、みんながやるべきなのは分かっている。分かっていながら動かないのが現実だ。決して諦めず、現場レベルと上層部の双方から、同時に努力し続けていくより他にない。君達の存在を知ったとき、私は自分の考えが間違っていなかったと確信した」

旧ノーメンクラトゥーラの傲慢とは明らかに違う。若く青臭い熱意を込めて、ある意味ふてぶてしくバララーエフは語った。そして話の合間に微笑みながらダムチェンコを見た。彼とダムチェンコとの間には、すでに肝胆相照らすとまでは言えないまでも、ある程度の信頼関係があるようだった。

パジャールスキー・カツレツをメインとした値段の高いランチコースを遠慮がちに咀嚼《そしゃく》しつつ、ユーリとレスニクは緊張して聞いていた。警察の現実を指摘しながら、バララーエフの主張はどちらかというと理想に傾いている。さらに言うなら、空疎であり、陳腐である。

「自分も今の話には一理あるとは思っている。しかし頭の中の考えと、我々が今やるべき仕事は別だ。おまえ達を連れてきたのは、これが現実の仕事だからだ」

ダムチェンコはバララーエフの論に対する自分の意見を慎重に保留としながら、ユーリとレスニクに言った。

「仕事の話なら署でやればいいとおまえ達は思うかもしれん。だが今回は事情があるんだ。強制はしない。それが中佐との約束でもある。話を聞いて危険だと思ったら断ってくれてもいい」

一層緊張する二人に、バララーエフが声を潜めて打ち明けた。

「君達には囮捜査の囮役をやってもらいたい」

「囮捜査ですって」

　思わず聞き返したレスニクに、バララーエフは頷いて、

「シェルビンカ貿易という会社が武器の密売を行なっている疑いがある。極めて悪質かつ大規模で、ロシアの腐敗を象徴するような事案だ。ゴラン・ミカチューラという男が代表を務めていて、同社は事実上彼の個人経営に近い。〈屋根《クリシャ》〉はジグーリン。我々自身による警察改革の第一歩として、私はシェルビンカ貿易をなんとしても摘発したいと考えている」

〈屋根〉とは、いわゆるみかじめ料を取ってバックに付き、企業を保護する犯罪者または犯罪組織のことである。ウラジーミル・ジグーリンは先に逮捕されたグルシチャクと並ぶモスクワの大物の一人であった。彼の周辺には当然腐敗官僚がつながっている。大規模な武器密売となると、国家のかなり上層レベルに及ぶ可能性すらある。仮にこの事件の根がそうした腐敗に絡むものであった場合、摘発どころか捜査する側の命取りともなりかねない。

　バララーエフは二人の危惧を察したように、

「実はすでに上層部の合意も取りつけてある。検挙さえできれば、万全の態勢で立件するとね。まあ、私も耳触りのいい建前だけで事が動くとは考えていない。あえて露悪的に言

うなら、現在の主流派がミカチューラとジグーリン排除の方向で一致したということだ。利用されるわけではない。こちらが上層部の流れを利用するんだ。つまりはそういう発想だ。そうでなければ、今後もおそらくこうした犯罪を取り締まることは不可能だ」

ユーリもレスニクも、今は口中のカツレツを嚥下《えんげ》することも忘れて聞き入っている。空想とも思えたバララーエフの話は一転して極めて現実的な領域に触れていた。

「検討を重ねた末、囮捜査という古い手法に行き着いたんだ。これなら一本釣りの形で逮捕できる。問答無用だ。しかしこの計画を実行に移すには致命的な点が一つあった。それは、警察の組織内で秘密を保ちながら動いてくれる人員を確保するのが難しいという点だ。簡単に言うと、誰も信用できない。どの部署を想定してもきっと内通者が出てくるだろう。ロシアの警察の現状は君達自身がよく知っている通りだ」

ロシアの警察官を前に、バララーエフはなんの斟酌《しんしゃく》もなく言った。無自覚ではない。自分の口にする言葉の効果を充分に意識しながら話している。

「この点で私は長らく足踏みを余儀なくされてきた。君達のことを知ったのはそんなときだった。君達なら信頼できると踏んだのだ。段取りはすべてこちらでつける。ミカチューラが食いつきさえすれば、すぐに身柄を押さえて立件する。どうだろう、やってくれないか」

「しかし、我々はすでに捜査員として顔を晒して勤務しています。潜入捜査は不可能では」

レスニクの問いにバララーエフは微笑んで、

「もちろんこれが通常の潜入ならその通りだ。しかし今回は潜入ではなく囮だ。ミカチュ－ラの取引方法は調べてある。主なやり取りは電話とメール。実際に顔を合わせるのは最後の一回だけ。多くても二、三回だ。君達はその一回で引っ掛けてくれればいい。後は釣り竿を持った我々が奴を引き上げる」

確かに危険な任務であった。ダムチェンコが最初に断ってもいいと言った理由が分かった。餌である二人が水中で獲物に顔を晒すのが一度きりであったとしても、そこには予測のつかない運と不運とが介在する。

即答できずにいる二人に対し、バララーエフは微笑んで、

「肚を割って話そう。これはきれい事だけではない。私には野心がある。なんとか功績を上げて出世したい。上に行って決定権を持たねば、より大きな犯罪に取り組むこともできない。この野心と理想とは決して矛盾するものではないはずだ」

傲然と言い切った。やはり自分の言動とその効果をすべて自覚し完璧にコントロールしている。尊大で、隙がなく、それでいて人懐こい魅力もある。

ユーリはおぼろげながら理解した。ダムチェンコはバララーエフの野心ゆえに彼を信用したのだ。ダムチェンコもまた、利用されるのではなく利用しようという発想だ。より大きな犯罪と戦うために。その点で二人の利害は一致した。言わば共犯だ。全面的な肯定はできないし、異論もあるが、理解はできる。

ダムチェンコはその場を切り上げるように口を挟んだ。

「すぐにとは言わない。返事はしばらく考えてからでいい。ただしこの件については一班の他の者にも内密にな」

ユーリとレスニクは曖昧に頷きながらコーヒーカップに手を伸ばした。メインのカツレツを二人とも半分以上食べ残していた。

数日後、署内の食堂で一人ウハー（魚のスープ）を啜っているダムチェンコを見かけたユーリは、彼の向かいに腰を下ろし、小声で言った。

「少しご相談が……例の話です」

ダムチェンコは無言で頷いた。

「バララーエフは本当に信用できるのでしょうか」

「少なくとも自分は信じた。だからこそおまえ達に引き合わせたんだ」

彼はそう断言した。

「実は自分と奴とは同郷の幼馴染なんだ。と言っても、付き合いのあったのはごく短い間だったがな。お互い会ってみて初めて思い出したくらいだ。それで奴もあえて言わなかったんだろう」

「そうだったんですか」

頷いているユーリに、ダムチェンコは慎重に付け加えた。

「だからと言って無条件に信用したわけではない。俺も調べた。奴の身辺はクリーンだ。本人も認めている通り、野心があるだけにつまらないことで足をすくわれないよう注意してるんだ。少なくとも奴の野心は本物だ。本気でシェルビンカ貿易を挙げようとしている。実際に仕事もできる。自分の見る限り、今回のプランにも抜かりはない。上との交渉や調整も手際よく進めているようだ。放っておいても奴がこの先上層部に行くのは間違いない。そうなれば多くの決定権を手に入れる。今後のロシア警察を左右するような決定権だ」

ダムチェンコはウハーの皿を横に押しやり、ユーリを見据えた。

「シェルビンカ貿易は武器密売の拠点だ。自分も一警察官として前々からなんとかすべきだと考えていた。誰かがいつかはやらなければならなかったことだ。底なしの腐敗をどこかで食い止める。本来ならＳＫＲ（独立捜査委員会）あたりがやるべきことだろうがな。

バラーエフが現場を信頼できないというのもよく分かる。それでこっちに話が回ってきたのは、ある意味望むところだった。ただし……」

そこで念を押すように、

「それはあくまで俺の考えで、危険な仕事であることには変わりはない。おまえ達を選んだのは若い分だけ顔を知られている可能性が少ないからだが、それでもリスクは避けられない。無理はするな。よく考えて自分で決めろ」

ユーリは少し躊躇してから切り出した。

「実は一つ……個人的なことですが」

「リーリヤか」

すべて見透かされているようだった。

「はい。近いうちに式を挙げようと二人で相談し始めたところでした」

——秋がいいわ。モスクワの一番美しい時期に式を挙げるの。

「自分も妹から聞いた。昨日だ。あいつ、それとなくほのめかしたくらいのつもりでいるんだろうが、すぐに分かった。もっと早く打ち明けてくれてれば、おまえに声はかけなかった」

そう漏らしたダムチェンコの顔は、彼が滅多に見せない兄としての思いやりに満ちていた。その顔に、ユーリはかえって決意した。将来義兄となる人の期待を裏切りたくないという思い。何より最も痩せた犬達の一員として、尻尾を巻くようなことはしたくなかった。

またレスニクの性格を知るユーリは、彼が引き受けることを確信してもいた。

7

四人は密かに何度も会合を重ねた。ダムチェンコの言う通りだった。バララーエフは本気で重大犯罪と戦おうとしている。高等民警学校卒であるという彼の正義感がまったくの野心に基づくものであったとしても、現場の捜査員には関係ない。

打ち合わせは時として長時間に及び、四人はたびたび食事をともにした。一日の終わりには酒が供されることもあった。しかしバララーエフは決してグラスを取らなかった。

「体質でね、どうしても飲めないんだ。君達はどうか遠慮なくやってくれ」

ロシア人の付き合いにウォッカは不可欠だ。酒が飲めないのは出世を志す者には少なからず不利となる。しかしバララーエフ本人はあまり気にしていないようだった。それくらいの不利は問題ではないと思っているのだろう。全体に過剰な自信を感じさせる男だ。こういう人物も官界にはいるものなのかとユーリはグラスを干して思った。

　ユーリとレスニクはモスクワ川を臨むソフィースカヤ河岸通りにある高層マンションに移った。七階の一室がバララーエフの用意した部屋だった。そこが彼らの当面のオフィスであり、基地である。三年前に建てられた新しいビルで、セキュリティの厳重さが売りになっている。

　九一分署内では、二人は内務省の極秘任務に引っ張られたということで了解されていた。内務省の幹部クラスに現場の人間が徴用されることはしばしばあり、それがどういう仕事かあえて訊いたりしないのが民警時代からの不文律だった。同様に二人はそれぞれ家族にも適度にもっともらしい説明をした。

　ユーリの母は、息子の出世の糸口になるかもしれないと喜んだ。

　上の人の言うことをよく聞いて、もっと認めてもらえるようにしっかりおやり。おまえならきっとできるわ。だっておまえはお父さんの息子なんだからね――

　リーリヤは心配の方が勝っているようだった。電話で当分会えないと告げると、自分は大丈夫だからと明るく言いながら、語尾にはやはり寂しさを滲ませていた。これまで楽しみに話していた挙式は当然延期となる。少なくとも秋は無理だ。そのことについてためらいがちに切り出すと、彼女はユーリを気遣うように言った。

分かっているわ、二人のためにも頑張って――

その口調に落胆を押し隠しているのが感じられた。リーリヤはしかし愚痴は一言も漏らさなかった。電話の向こうで彼女は何度も念を押していた――本当に危険な仕事じゃないのね？

拠点のオフィスで、ユーリとレスニクは資料を入念に再チェックした。

ゴラン・ミカチューラ。五十三歳。クラスノヤルスク出身。浅黒い顔をした短軀の男。抜け目がなく用心深い性格は写真からも充分に窺えた。

シェルビンカ貿易が登記されたのは十八年前で、最初期の監査役にはソビエト崩壊の前後に物故した有力者が名を連ねている。業務内容は機械部品をはじめとする工業製品、金属資源、燃料資源、及び広くそれらに関わる物資の輸出入全般。正式な社員は全部で十六名。そのほとんどは取引先の各国に出張中で、現地での製品の製造販売や管理指導などに携わっている。主な取引先はポーランド、セルビア、コートジボワール、そして沿ドニエストル共和国。

やはりきな臭い匂いがする。この〈匂い〉について、二人はそれまでにもダムチェンコやバララーエフと協議を重ねていた。

ソビエト崩壊直後に、モルドヴァ――旧モルダヴィア・ソビエト社会主義共和国東部のウクライナ国境に接する地域が沿ドニエストル共和国として分離脱退を宣言した。しかしモルドヴァも国際社会もこれを認めてはいない。ロシアは旧ソ連に属していた未承認国家を支援しながら、彼らの存在自体を外交カードとして利用してきた。ロシアには沿ドニエストルを国家として承認する気はない。他国の分離独立運動を認めれば国際社会から激しい非難を浴びる上に、チェチェンの独立を認めざるを得なくなるからだ。アブハジアと南オセチアをロシアが国家として承認したのは、コソヴォの独立を欧米諸国が支援したことへの対抗措置にすぎない。旧ソ連の未承認国家のうち、沿ドニエストル共和国には独立宣言の当時から国際的な武器密売疑惑がかけられている。そして武器の供給源は旧ソ連軍であったとも。

ミカチューラとシェルビンカ貿易はそうした流れに関わっているのか。

「だとしてもすべて想定済みのはずじゃないか」

二人の疑念は同じ前提に帰結する。たとえ過去に高級幹部の関与があったとしても、それは現在シェルビンカ貿易を摘発することの妨げとはならない。そうでなければ作戦自体が実現しなかった。その点は何度も確認している。外堀はすでに埋まっているのだ。

バララーエフが二人のために用意した〈カバー〉は、イギリスに本社を置く総合商社タルボックスのロシア担当バイヤーというものだった。タルボックスは表向きは一般企業だが、アフリカの紛争地域を中心に武器の違法売買を行なっている。同社は先般サンクトペテルブルクでの違法行為で摘発されており、その免責と引き換えに協力させたのだった。従って二人の身分はタルボックス本社のお墨付きであり、どう調べられてもいいように工作がなされていた。ロシアでの新規買付を模索中という触れ込みで、若く素人臭い二人のカバーとしてはなるほど恰好であると思われた。

これもまたバララーエフの用意した〈回線〉と〈仲介人〉を使い、二人は慎重にシェルビンカ貿易への接触を開始した。

手始めの合法な――つまりグレーゾーンでの――取引の過程で口座に多額の現金があることをそれとなく示してみせる。手応えがあった。取引は継続となった。

怪しまれない程度に間隔を空け接触を続ける。モスクワの短い秋はたちまちに過ぎた。

次の段階として、確実に〈商品〉を納入してもらえるならすぐにでもケイマン諸島に取引口座を開設する用意のあること、ロンドンの本社では大口の取引に力を入れる方針であることを相手側に明確に伝える。その間にも別の〈回線〉でタルボックスの〈裏〉の取引実績に関する情報を断続的に流し、アピールする。相手は徐々に乗ってきた。

二人はそのつど、あらかじめ打ち合わせた各種の方法でタルボックス本社――実は内務省組織犯罪対策局の特別分室に連絡した。見聞きしたことのすべてを細大漏らさず報告するよう厳しく命じられていた。

　バララーエフは囮捜査の進捗状況にことのほか満足しているらしかった。相手の引っ掛かってくる過程に身を乗り出し一喜一憂しているようで、自ら譬《たと》えた通り、初めて沖に出た素人の釣り人を思わせた。

レスニクと二人でよく話した──ロシアはあまりに多くの物不足、悲劇や不幸を体験したので、国民はみんなとんでもない忍耐力を身につけた。ロシア人ほど囮捜査や潜入捜査に向いている国民はないんじゃないか？

　並行して調査を進めているダムチェンコとバララーエフからは新たに判明した事実のファイルが刻々と届けられた。シェルビンカ貿易とジグーリンとの関係の深さを示す資料の数々。そして関係各省の官僚の名簿。重大な犯罪と深刻な腐敗が明白に目の前にある。人として、刑事として、ユーリとレスニクは改めて厳粛な気分になった。そして任務に選ばれたことを誇りに思った。自分達がこの悪党どもを告発するのだと。

　容疑はすでに固まっている。自分達は囮であり、餌だ。獲物が食いつけばそれでいい。水面では竿を握った釣り人が待ち構えているはずだ。

シェルビンカ貿易の事務所はマーリイナ・ローシシャの商業ビルの二階にあった。ビル自体は古いが堅牢な造りで、中に入っているのは小規模の会社が大半を占めていた。廊下は薄暗く、内装にも全体的にうらぶれた感じが漂っていた。シェルビンカ貿易の入口は狭い階段を上ってすぐの所で、まったく目立たない平凡な構えだった。

「ようこそ、我が社へ」

初めて訪れたユーリとレスニクを出迎えたのは、社長のミカチューラ自身だった。

二人は緊張を隠しつつ中へと入る。間取りはごくありふれたもので、普通の会社となんら変わるところはない。三人の社員がデスクに向かって仕事をしていた。いずれも愛想のない顔をした男達で、ボディガードを兼ねている。彼らは客の二人を一瞥したが、特に不審そうな素振りは見せなかった。

ミカチューラは客を奥の社長室に案内してドアを閉めた。スチール製の書棚とデスク。革張りの応接セット。古ぼけたブラインドの降ろされた窓。壁にはミカチューラがキリエンコ、ステパシン元首相をはじめとする政府要人と並んでいる写真が掛けられている。レーベジ将軍やルシコフ元モスクワ市長と握手している写真もある。どれも古びた写真で、写っているミカチューラは若いのは当然としても、別人のように生彩があり、活力に満ちていた。

「さあ、座ってくれ」

勧められるままユーリとレスニクはソファに腰を下ろした。

ミカチューラは部下達と違い、少なくとも表面的には愛想のいい男だった。壁の写真に見られるような生き生きとした精力はすでに減退しているが、代わりに控えめな風格のようなものを身につけていた。彼は酒焼けしたしゃがれ声で市政の噂話や裏話を披露し、座を取り持った。楽しそうに喋りながら、その目はじっと二人の客の挙動を窺っていた。

ユーリとレスニクは慎重に相槌を打ちながら聞き役に徹した。当たり障りのない雑談ばかりで、ビジネスの話にまでは進まなかった。

面談中、頻繁にミカチューラの携帯端末が鳴った。そのつど電話に出た彼は、大体は適当に返事をして通話を切ったが、何回かは無言で頷いていた。その際の不機嫌でいらだった様子から、二人は電話の内容がかなり深刻なものではないかと推測した。

別れ際、ミカチューラは皺だらけの手を差し出して言った。

「今日は楽しかった。会えてよかったよ。君達とはよい仕事ができると思う。近いうちにまた会おう」

具体的な話は最後まで出なかった。やはりタルボックスを商売相手として見ていないのか、ミカチューラの態度はどこか上の空でいるようにも感じられた。

シェルビンカ貿易からの帰途、複数の男達がソフィースカヤ河岸通りのマンションまで尾行してきた。問題はない。そこはタルボックスのロシア仮営業所ということになっている。

そのときの男達が何者だったのかは分からない。ミカチューラの直接の部下かもしれないし、〈屋根〉であるジグーリンの手下かもしれない。あるいはいずれかの勢力の指示を受けたチェーカー。どれであってもおかしくなかった。

十月に入って、ミカチューラは二人をマールイ劇場に近いレストラン『ビリョーザ』に誘ってきた。愛人の一人に任せている店だ。二回目の直接接触。二人は緊張しつつ店に赴いた。

自信を持って勧めるだけあって、料理はすべて素晴らしかった。特にチョウザメのグリルは絶品だった。二人が口々に料理の感想を伝えると、ミカチューラは素直に喜んだ。

食事の合間に、相手はごく自然な口調でさりげなく切り出してきた。

「来月ウーガリ（鰻）が獲れる。サイズはM。数は多少前後するかもしれんが八百匹だ。味わってみる気はないか。正午の沖釣りなら七十でいい」

ウーガリは密輸業界の符牒でPKシリーズを意味する。商品はPKM機関銃、納入数は八〇〇、卸価格は時価の七掛け、納入時期は一か月後、オフショア、口座決済。

掛かった――

グラスを持つ手が震えそうになるのをユーリは懸命にこらえた。

「七十はきつい。六十だ」

レスニクが答えた。ミカチューラは話にならんといった顔でチョウザメをつつき出す。

ユーリは表情を変えないよう気をつけながら提案した。

「七十なら本社の承認がいるが、六十五なら我々の権限で即決できる」

ミカチューラはにっこりと微笑み、二人のグラスにウォッカを注いだ。レスニクもすかさず相手のグラスに酒を注ぐ。三人同時にグラスを掲げて乾杯する。

「新しい友情に」

まろやかで喉ごしの滑らかな酒だった。心地好い微かな甘み。ユーリは卓上のボトルを見た。ウォッカには珍しい印象的な黒いボトルに、刀をイメージさせる銀のラインが入っている。その刀身にはシンプルに美しくデザインされた七人の男の横顔があった。

「『セブンサムライ』。カラチャイ・チェルケスのスーパープレミアムウォッカで、私の最も好きな酒だ」

ユーリの視線に気づいたミカチューラが顔を綻ばせて言った。

彼の言う通り、ボトルには英語で［SEVEN SAMURAI］、ロシア語で［CEMb CAMУPAEB］と書かれている。

「クロサワの映画ですか」

〈残業〉を思い出してユーリは言った。黒澤明という日本の映画監督はソビエト時代からロシアで高く評価されている。カシーニンのおかげで得られた知識だ。

「その通りだ。北カフカスにはコサックの伝統と気質が残っている。連中はクロサワの中でも特に『七人の侍』がお気に入りらしい。サムライとコサックに共通する精神みたいなものを感じたんだろうな。それでそんな名前をつけたんだ」

カラチャイ・チェルケス共和国は北カフカス連邦管区に属する七つの連邦構成主体の一つだ。カフカスの山々から湧く清冽で豊かな水が上質のウォッカとなる。多くのロシア人と同様、カフカス系に対してユーリは嫌悪とまではいかずとも、好意と言えるような感情は持っていない。しかし国体はどうあれ、一般の市民が果てしない紛争に苦しんでいることは一個の人間として想像できる。ユーリも『七人の侍』には大きな感銘を受けた口だ。北カフカスの人々が『七人の侍』を愛し、その題名を冠した酒を造ったという事実は、一刑事にすぎないユーリの胸を静かに打った。また同時に、紛争地帯に武器を売りさばくミカチューラが平然とこの酒を飲むこととの矛盾を感じた。

「君は映画に詳しいのか」

「いや、詳しい友人がいたというだけです」

「そうか、ではその友人に乾杯だ」

またも乾杯。ミカチューラはいつもより饒舌になっていた。取引の具体的な話はそれだけで、彼は流れのままごく自然に話題を切り替えた。当たり障りのない映画の話。カシーニンの薫陶のおかげで、ユーリは無難に話の相手をこなした。

近頃モスクワで話題の映画と言えばなんと言ってもモスフィルム製作の『クロッキー』だった。先にテレビドラマ化され、話題となった作品である。主演はテレビ版と同じフョードル・アルバトフ。

「『クロッキー』のアルバトフは評判がいいようですね」

レスニクが言った。

「そうかね、あんな奴が」

「もう観たんですか」

「いいや。観なくても充分だ」

ミカチューラは曖昧に微笑んだ。自尊とも自嘲ともつかぬ笑みだった。

「あれは俺みたいなものだからな」

アルバトフが演じるのは武器密売人の役である。ミカチューラの性格はどこまでもロシア固有のものらしい。愛嬌があり、自負心が強く、かつしたたか。自分をドラマ仕立ての主人公に模して大仰に語ること。それが普通のロシア人気質だ。

レスニクは如才なく相手のグラスに酒を注いだ。

「これは迂闊《うかつ》でした」

乾杯。会食は和やかな雰囲気の中で終わった。

別れ際にミカチューラは言った。

「取引の詳細は明日うちの事務所で詰めるとしよう。午後の四時でどうだろうか」

狙いの大魚は見事掛かった。

ソフィースカヤ河岸通りのオフィスに戻った二人は、報告を済ませてから近くのバーに向かった。もう充分飲んでいたが、それでも祝杯を上げずにはいられなかった。カウンターでシャンパンを注文した。

二人ともよけいなことは喋らない。言葉少なにグラスを傾ける。炭酸が舌の上で小躍りした。

「やったな、相棒」

レスニクがぽつりと言った。相棒。

「おまえと組めばうまくいくって、最初からそんな気がしてたんだ」

まだ終わったわけでは……

そう言いかけたユーリの言葉は、込み上げる歓喜とともにシャンパンの泡にくるまれ喉の奥へと消えた。

「これからもよろしく頼むよ、相棒」

喜びをじんわりと味わいながら、ユーリは頭の片隅で思った――秋は過ぎたが、これでやっとリーリヤに会える。


その夜遅くに雪が降り始めた。初雪だったが朝になっても降りやまず、モスクワは一晩で真冬になった。翌日の昼を過ぎてようやくやんだが、凍えるような冷気が街に残った。

指定された時刻の五分前にシェルビンカ貿易のあるビルに入った二人は、暖房の効いた内部にほっと息を吐いた。これから最後の勝負が始まる。緊張しながら階段を上る。その途中で二人は降りてくる男とすれ違った。ダークブラウンのサングラスにグレーのコート。階段を上り切ったところで二人は背後を振り返った。男はすでにビルの外へと消えている。

「今の男は……」

「チェーカーだな」

もちろん知っている顔ではない。だが警察官である二人には一目瞭然だった。チェーカーであることはまず間違いない。不審に思いつつも二人はそのままシェルビンカ貿易に向かった。今の男がどの階のどの部屋から出てきたのかは分からないし、モスクワではいつどこでチェーカーとすれ違っても不思議ではない。

事務所のドアを叩くと、社員が前と同じ無愛想な顔を出した。社長と約束があってきたと告げると、奥にいるから勝手に入れと面倒臭そうに言った。言われた通り奥に進み、社長室のドアを開けた。

応接セットのテーブルにコーヒーカップが置かれていた。先客がいたのだ。

ミカチューラはデスクの前にじっと座っていた。何か考え事をしているようだった。デスクの上には灰皿と筆記具。乱雑に散らばったメモ。そして折り鶴が一羽。

折り鶴以外はいつもデスクの上に常備されているものだった。その小さな鶴は、何かをコピーした用紙を折ったもののようで、表面には小さな数字やキリル文字が並んでいた。

顔を上げたミカチューラは、二人の視線の先に気づくと、にやりと笑って折り鶴を取り上げ、引き出しを開けて中にしまった。

「お運びを頂きながら申しわけないのだが、今日の商談は延期にしてもらえないか」

ミカチューラは微笑みながら立ち上がった。今までも愛想はよかったが、どこかいらだちを押し隠しているようなところが感じられた。それが一転して別人のように晴れやかな笑みを見せている。

「どういうことだ。我々を舐めてるんじゃないか」

レスニクが抗議すると、ミカチューラはそうじゃないという風に首を振り、

「ビジネスは何より大事だ。君達との取引も将来的に大いに有望だと私は考えている。だがつい今しがた、早急に処理すべき案件が入ったんだ。個人的に極めて重大な案件でね。本当にすまない。明日もう一度出直してくれ。同じ時間でいい。明日には必ず話をまとめよう」

とりつく島もない。不快と不審とを露わにしつつ二人は帰るより他なかった。内心では無論失望している。寸前で獲物に逃げられたのだ。

一旦ビルを出た二人は、見られないよう注意しながら通りの斜め向かいの建物に入った。非常階段を使って屋上に上がる。そこからはシェルビンカ貿易のあるビルの出入口がよく見える。このまま無為に引き上げるわけにもいかない。二人は状況をすべて報告してから、しばらく人の出入りを見張ることにした。

「一体どうなってるんだ」

雪の通りに目を配りながらレスニクがぼやいた。

「やはりあの男でしょう、階段ですれ違った」

同じく眼下を見張りながらユーリが答える。

先客はあのときのチェーカーに間違いない。用件は分からないが、それによってミカチューラは自分達との商談を急遽延期せざるを得なくなったのだ。あのさっぱりとしたような笑顔も、サングラスの男との話が彼にとって懸案の事項であったことを窺わせる。

「それに、あのオリガミの鶴……」

ロシアで盛んなオリガミ（“оригами”）の語源は日本語だと聞いたことがある。小さな紙でさまざまな形態を作り出す器用さはなるほど日本人のものかと納得したものだ。

「あれはオリガミ用の紙ではなく、何かをコピーしたものでした。しかしなんのコピーかは……」

「あれは銃の製造番号さ」

「えっ」

思わずレスニクを振り返った。

二つ年上の先輩刑事は、ビルの出入口から目を離さず、得意げに言った。

「俺は徴兵されたとき、エカテリンブルクの武器弾薬庫で管理係をやってたんだ。見たのは一瞬だが、あの文字と数字の並びは間違いなく銃の製造番号だ。もっとも分かったのはそこまでだがな」

さすがはレスニクだ。感心しながら視線を戻す。

「すると、シェルビンカ貿易の出荷表、あるいは買付リストのようなものでしょうか」

シェルビンカ貿易は武器を扱っている。そうした記録があってもおかしくはない。ミカチューラは手近にあった反故《ほご》のコピーで鶴を折ったのか。

「そうとまでは断言できないぞ。客の方が持ち込んだのかもしれない。仮にシェルビンカの書類だったとしても、なんのために鶴を折ったんだ？」

いくら首をひねっても分からない。いずれにしても、ミカチューラは平気で笑いながら鶴を片付けた。単なる座興であったのかもしれない。見られて困るほどのものではなかったということだ。

寒さに凍えながら二人は交代で見張りを続けた。その日ミカチューラが動く気配はついに見られなかった。午後十一時過ぎに二人は諦めて撤収した。明日もう一度交渉がある。万全の気力と体調で臨まねばならない。

その夜はさらに寒さが増した。拠点のマンションに帰還した二人は再度の詳細な報告を済ませ、交代で浴室のシャワーを使った。夜中でも熱い湯が出るのがありがたかった。簡単に打ち合わせてから早々にベッドに入る。

新しい毛布にくるまれ、ユーリは頭の中で確認する——明日もう一度シェルビンカ貿易に行く——取引の細部を詰める——すぐに送金の手配をする。そこで初めて自分達の仕事は終わる。入金を確認したミカチューラは商品を動かす。後は組織犯罪対策総局が商品を確認し、ミカチューラの身柄を拘束する。

任務完了まで一瞬たりとも気を抜くことはできない。興奮と緊張と、空振りに終わった昼間の失意で、なかなか寝つけなかった。

気分を落ち着かせるためにリーリヤのことを考えた。

古本屋の棚の前にリーリヤがいる。埃だらけの古い本を読んでいる。馴染みの老婦人と談笑している。両親に連れられた幼い子供に昔の絵本を開いてみせる。魔法瓶に入れてくれた温かい紅茶。二人でアルバート通りを歩いた。芝居を観た。映画を観た。映画について意見を言うと、「詳しいのね」と驚かれた。映画好きの先輩刑事の話をすると、声を上げて笑っていた。

夢見るように呟いた——秋がいいわ。モスクワの一番いい時期に式を挙げるの。

寂しそうにこう言った——分かっているわ、二人のためにも頑張って。

いつの間にか眠っていた。

夢を見た。リーリヤの夢。父の夢。母の夢。そして、灰皿の横でじっと動かぬ折り鶴。夢の中で、鶴はもどかしげに小さく羽を動かした。細かい番号が刺青のように入った羽を。決して飛び立てぬ己を哀れむように。

翌日午後三時、身支度を済ませた二人はマンション七階の部屋を出て地下駐車場に直通するエレベーターに向かった。廊下を歩きながらコートのポケットを探ったユーリは、手袋を忘れてきたことに気がついた。

「先に行ってて下さい。すぐに戻ります」

「そうか」

ちょうどエレベーターの扉が開いたところだった。レスニクは中に乗り込み、ユーリは小走りに部屋に戻った。手袋を持って再びエレベーターにとって返す。

エレベーターが地下から上がってきた。それに乗って駐車場へと降下する。そこには貸与された新品のヴォルガが停められている。

地下に着いた。エレベーターを出て歩き出そうとしたユーリは、息を呑んで立ち止まった。

乾いたコンクリートに広がる血溜まり。誰かが倒れている。

頭の中が真っ白になった。心臓が締め上げられるような強烈な痛み。足がもつれ、その場に崩れ落ちてしまいそうになった。

確認するまでもなかった。レスニクだ。頭を撃ち抜かれて死んでいる。

力の入らない手で携帯端末を取り出し、ダムチェンコの番号を押した。

「レスニクが殺されました。マンションの地下駐車場です。シェルビンカ貿易に向かう直前でした。自分が部屋に戻っている間に……ああ、なんてことだ」

〈落ち着いて周囲を見ろ。近くに誰もいないか〉

上司の言葉にはっとして周囲を見回す。レスニクが殺害されたのはほんの数分前だ。殺人者はまだどこかに潜んでいるかもしれない。しかしそう広くはない駐車場に人の気配はなかった。

「誰もいません。犯人はすでに逃亡したものと思われます。緊急配備願います」

〈分かった。おまえはすぐにそこを離れろ〉

「しかし犯行前後の状況を捜査員に……」

〈特殊捜査について所轄に説明するわけにはいかない。話はこっちでつける。それよりもおまえの身が危険だ。警察とは絶対に接触するな〉

混乱しつつも理解した。何か状況に変化があったのだ。暗殺者は自分達を狙って駐車場で待ち構えていた。手袋を取りに戻らず、レスニクと一緒にエレベーターに乗っていたら間違いなく自分も殺されていた。

　何があった、何が――

〈どこでもいい、安全な場所に身を隠せ。状況が確認できたらこちらから連絡する〉

　通話は切れた。ユーリはすぐに駆け出そうとして足を止め、横たわるレスニクをもう一度見た。

　相棒――

　込み上げる激情を振り切るようにその場を後にし、非常口へ向かった。オートロックのドアを内側から開け、階段を駆け上がって地上に出る。黒のウシャンカを目《ま》深《ぶか》に被り直し、表の人通りにまぎれて現場を後にする。反対方向からサイレンをけたたましく鳴らしたパトカーがやってきた。続けざまに何台もすれ違っていく。振り向かずにゆっくり歩く。サイレンの音をずっと背中で聞いていた。

　安全な場所。思いつかない。しばらく歩き続け、目の前にあった停留所から来合わせたトラム（路面電車）に乗る。ソビエト時代からの旧型車輌だった。座り心地の悪い座席に腰を下ろす。震えが来た。レスニク。二つ年上の先輩刑事。そして相棒。痩せ犬の一匹が死ぬなんて。あんな無残な死にざまを晒すなんて。

震えているのを気づかれないようにじっとこらえる。適当なところで下車し、五分ほど歩いてから目についたカフェに入る。開店したばかりのような真新しい店だった。夜はクラブになるらしい。天井の高いモダンな内装が、意味なく空虚に感じられる。コーヒーを注文して空いているテーブル席に座った。

白い壁面に設置された巨大なモニターがスポーツ情報番組を流している。音声はなく、店内には九〇年代風のロシアン・ポップスが流れていた。

運ばれてきたコーヒーに機械的に口をつけたが、それ以上飲む気にはならなかった。自分達は単なる囮役で、捜査は順調に進んでいた。ダムチェンコもバララーエフも期待していた。何も手違いはなかった。成功の寸前だったのだ。捜査の妨害が目的なら、こんな強硬手段に出ずとも然るべき圧力を加えればいいだけだ。バララーエフはすぐに手を引いたことだろう。

唐突に視界の隅をミカチューラの顔がよぎった。

驚いて顔を上げる。モニターの番組はいつの間にかニュースになっていた。シェルビンカ貿易のビルに似た建物も映ったように思ったが、画面はすでにニジニ・ノブゴロド行政府の汚職事件を報じるものに変わっていた。

携帯端末を取り出し、ニュースサイトを検索する。ナヴォコシノ駅の脱線事故……ヒャチゴルスクの爆破テロ……プーシキン美術館の放火事件……

それらしい見出しがあった――「マーリイナ・ローシシャで実業家殺害さる」。

クリックして記事を読む。

《午後一時、マーリイナ・ローシシャのシェルビンカ貿易で人が殺されているとの通報があり、警察が調べたところ、同社を経営するゴラン・ミカチューラ氏が殺害されているのを発見した》

思わず声を上げそうになった。殺された。ミカチューラが。

《通報者は同社従業員で、昼食から帰って事件に気づいたという。ミカチューラ氏は頭部を撃たれて即死の状態であった。警察は殺人事件と見て捜査を進めている》

記事に添付されたミカチューラの写真は、現在よりほんの少し若い頃のものだった。

ミカチューラとレスニクが数時間の間に立て続けに殺された。それもたぶん同じ手口で。

気の狂いそうなほど能天気なポップス。大音量で考えがまとまらない。

――警察とは絶対に接触するな。

テーブルに紙幣を置いて店を出た。誰もこちらを見ていない。だが全員が見ているような気がしてならなかった。

日はたちまちに没して夜になった。モスクワは前夜と同じく強烈な寒波に包まれた。外にいれば凍えてしまう。ユーリはカフェやバーを転々として過ごすしかなかった。

ひたすらダムチェンコからの連絡を待ちながら、携帯で何度もニュースサイトを覗いた。

八時を過ぎた頃、更新されたニュースのヘッドラインが目に入った――［犯罪組織のボス逮捕］。

《本日午後ジェヴィヤートキノの土地取引を巡る詐欺容疑で当局は実業家ウラジーミル・ジグーリンを逮捕した。ジグーリン氏はかねてよりマフィアのボスと噂される人物で、当局は彼が反社会的な重大犯罪に関与している証拠を入手したことを明らかにした》

何がどうなっているのか分からなかった。

そして九時。プロスペクト・ミーラの小さなバーのカウンターで、壁の棚に置かれたテレビを見ているときだった。ユーリは画面の中に自分の顔を見た。

《ソフィースカヤ河岸通りのマンションで警察官が射殺された事件の続報です。警察は容疑者としてユーリ・オズノフを指名手配しました。オズノフは被害者であるカルル・レスニク警察少尉の同僚警察官で、二人には犯罪組織から多額の賄賂を受け取っていた形跡があったことから、その分配について争いとなり、オズノフがレスニク警察少尉を射殺したものと見られています》

息が止まった。次いで体中の血液が逆流した。

自分がレスニクを殺しただって？

テレビの中の自分は、なるほど如何にも悪徳警官といった面相だった。いつどこで撮られた写真なのか見当もつかない。

マンションの防犯カメラには七階でエレベーターを待つ自分とレスニクの姿も、また駐車場でレスニクが射殺される瞬間も映っているはずだ。自分が真犯人ではないことを警察は承知している。大掛かりな欺瞞が行なわれた。上層部の指示で。

証拠も完璧に揃えられているのだろう。自分が相棒を殺したという証拠。「外堀は埋められている」？　埋められていたのは内堀だった。自分の退路は間違いなくすべて断たれている。

意識してゆっくりと息を吐く。大声で喚き、暴れ出しそうな衝動を必死にこらえる。

顔と体を動かさず、店内の様子を探る。テレビを見ていた客は。自分に注目している客はいないか。

窓際のテーブル席に座った二人の客が、顔を突き合わせて何事か囁いている。

紙幣をカウンターに置き、極力自然な動作で立ち上がった。ドアに向かいながら、視界の端で二人を捉える。やはりこっちを見ていた。店を出てゆっくりと歩く。今にも勝手に走り出しそうな足を懸命に抑える。裏通りに入ってから駆け出した。

目撃された地点からタクシーに乗るのは危険だ。地下鉄も、バスも。怪しまれないよう人がいる所では走らずに早足で歩く。

スセフスキー・ヴァル通りまで走ってようやく立ち止まった。歩きながらダムチェンコに電話する。電源が切られていた。何度かけても同じだった。

嵌められた――

ダムチェンコに嵌められた。最も信頼し、敬愛する上司に。固く凍った足許の大地が崩れ、クレバスの裂け目にどこまでも落下していくような気がした。

レスニクの死体を見て現場からすぐに報告したとき、ダムチェンコは訊いてきた――〈近くに誰かいないか〉。犯人のことだとばかり思ったが、あれは目撃者の有無を確かめるものではなかったか。

それにバララーエフ。銅《あかがね》色の髪をした中身のない官僚。冷徹で、野心の塊。野心があるから奴は本気だとダムチェンコは言った。だから自分も信じたのだ。だが野心と正義では、奴の秤《はかり》はどちらに傾く？　その結果を自分はどうして想像しなかったのか。彼こそは典型的なロシア官僚だ。恥を知らず、利害に敏感で、状況の変化に驚異的な適応力を見せて生き残る。

バラーエフに連絡するのは危険だった。回線が一瞬つながっただけで、現在位置を特定されるおそれがある。分室も組織犯罪対策総局も同じだ。この仕掛けの全体図を描いたのはどこの部署か。考えるだけで恐ろしかった。ロシアの古い諺《ことわざ》に云う、「魚は頭から腐っていく」と。ロシアの頭は言うまでもなくクレムリンだ。

プリゴジンの携帯にかける。呼び出し音の後、応答不可を告げるメッセージに切り替わった。息詰まる思いで続けてシャギレフの携帯にかける。やはり出ない。ボゴラスにもカシーニンにもかけてみた。同じだった。誰も携帯に出なかった。

目眩《めまい》を覚えて立ち止まった。強烈な嘔吐感。頭がどうにかなりそうだった。

街頭の暗がりに呆然と立ったままニュースサイトを見る。時間の経過に従ってさまざまな続報がアップされていた。すべてユーリの腐敗と悪行を伝えるものだった。悪辣なでっち上げ。メディア統制における手際のよさはチェーカーのお家芸だ。

さらに別のニュースを見つけた——「マフィアのボス、急死」。

《取り調べ中のウラジーミル・ジグーリン容疑者が心筋梗塞により死亡した。当局は取り調べは適法に行なわれたと発表した》

ジグーリンの資料はすべて見た。その中には健康診断のカルテもあった。心筋梗塞だって?

警察とは接触するな。皮肉にもその指示だけは正しかった。

恐怖を感じた。底の知れない恐怖。どうしようもなく全身が震える。ジグーリンほどの大物でさえかくも呆気なく消されるのか。ならば自分のような小者がもし捕まったら。

凍てつく往来に立ち尽くして携帯端末を眺める男。さぞ不審だっただろう。雪を踏んで近づいてくる気配に気づいて顔を上げる。二人組の制服警官だった。

携帯を見るふりをしながら咄嗟に道路を横断するように歩き出す。

「おい、待て」

背後から警官が呼びかけてきた。構わず全力で走り出す。二人は猛然と追ってきた。

前を歩いていた人を突き飛ばして路地に走り込む。携帯を固く握り締めて必死に走った。歩道にいた数少ない通行人が驚いて見ている。構ってなどいられない。路地から路地へ。追ってくる警官の足音はいつの間にか聞こえなくなっていた。だが一帯には緊急配備が敷かれていることだろう。

表通りに出て息を整え、顔と首筋の汗を拭く。そして手早く服を整えてから非正規タクシーを拾う。

「スラヴャンスキー・ブリヴァール。いくらだ」

平静を装ってモスクワ西部の地名を告げ、料金を尋ねる。相手によけいな印象を与えぬよう、極力日常通りにふるまう必要があった。運転手が答えた値段に顔をしかめつつ同意してみせる。運転手は頷いて発進させた。

市内には普段よりもパトカーが多かった。赤と青のランプの光が至る所で白い雪の街路を照らしていた。

必死に考える。どうすればいい、どうすれば。

キエフスカヤの近くを通りかかったとき、思いついてタクシーを降りた。地下鉄の昇降口を降り、フィリョーフスカヤ線でフィリまで行く。

駅から十分ほど歩いたところにある集合住宅に向かう。目当ての部屋は南棟の三階。部屋の明かりは消えている。今は独り暮らしのはずだった。すでに寝ているのか。いや、まだ帰っていないのだ。団地の前の植え込みに隠れてじっと待つ。

二十分が過ぎた頃、疲労をひきずるような足取りで帰ってくる人影が見えた。薄暗い街灯に横顔が浮かぶ。間違いなかった。植え込みの中から声をかける。相手は驚いたように振り返った。

「おまえか」

歩み寄ってきたプリゴジンは、ユーリを伴ってさらに人目につかない暗がりへと移動した。

「モスクワ中の警察官がおまえを捜してる。俺達もだ。抵抗したら射殺しろとまで言われた」

「班長の命令ですか」

「違う。もっと上からだ。命令されなくてもみんないきり立ってる。なにしろ警察官の仲間を殺したんだからな」

「レスニクを殺したのは自分じゃない」

「そんなことは分かってる。何があったんだ」

囮捜査の経緯についてぶちまけた。

「信じられん。班長が裏切るなんて。あの人はそんな人じゃない」

「班長に聞いて下さい」

「班長は昨日から署にも顔を見せてない。だが一班の全員に連絡があった。おまえから電話がかかってきても絶対に出るなとな。それだけですぐに切れた。理由は分からなかったが、俺達はとりあえず班長に従うことにしたんだ」

誰も携帯に出なかったのはそういうことか。

「班長の居場所は」

「俺も知らん。なんでも偉いさんと一緒らしい。副署長が言ってた。なんの用かまでは言ってなかった」

やはりダムチェンコは上層部に取り込まれたのだ。

ユーリは捨て鉢になって言った。

「自分を逮捕して下さい」

「なんだって」

「公正な場で潔白を証明します」

「馬鹿野郎」

老刑事が声を荒らげた。

「公正な場なんてこの国のどこにある」

返す言葉もなかった。

「おまえの話の通りだとすると完全に政治絡みだ。証言する前に殺される。それどころか、俺達は拘置所に入った時点でお終いだ」

──最も痩せた犬達はみんな、一日でも監獄に入ったらそれがこの世の見納めになる。

ゾロトフの〈忠告〉を思い出して絶句する。レスニクやミカチューラを消した者達だけでなく、拘置所や刑務所に潜むヴォルからも狙われるのだ。生き延びられる可能性はまったくない。

黙り込んだユーリに、プリゴジンは突然マカロフを突きつけた。

「それは……」

ユーリは目を見開くだけで動けなかった。

「早く行け。俺はおまえを見なかった」

暗がりの中、老刑事は涙ぐんでいるようだった。マカロフの黒い銃口はわななくように震えていた。

「次に会ったらこいつを使わなきゃならん。早く行くんだ。班長には俺が必ずわけを訊く。きっと何かわけがあるはずだ。一班のみんなにも話す。シャギレフにも、ボゴラスにも、カシーニンにも。必ずだ。だが今は全力で逃げ延びることだけを考えろ」

「しかし」

「何をしている、さあ早く行け」

プリゴジンの叱咤は、人生に打ちひしがれた者のため息のようだった。

ユーリは思いきって身を翻した。団地の敷地を抜けて駅の方へと向かう。プリゴジンの重い吐息がいつまでも背中に残っているように感じられた。

地下鉄に揺られながら考えた。どこへ逃げればいいのだろう。空港、幹線道路、鉄道のターミナル駅。いずれも厳重に監視されているに違いない。自力で脱出できるとは到底思えない。

とりあえず今夜眠る場所だけでも確保しなくては。あまりに疲れすぎて考える気力もなくなっていた。ホテルは駄目だ。真っ先に手配されている。犯罪者相手の安宿も。そうした場所の管理人は誰よりもニュースに敏感だ。そしてかなりの割合でKGB時代からの密告者が含まれる。

向かいの席に座った中年の男がこちらを見たように思った。ドアの側の女も。次の駅で降りた。スマリェンスカヤ駅だった。

地上に出てノヴィンスキー通りを北に歩く。氷点下の冷え込みだった。終夜営業のクラブを見つけて中に入った。耳をつんざく大音量の音楽。半裸というより全裸に近いダンサーが中央のステージで踊っていた。猥雑で軽薄で虚栄に満ちたロシアの顔だ。カウンターでウイスキーを注文する。過剰な暖房と人いきれで店内には不快な蒸し暑さが籠もっていた。轟音で頭が割れそうだ。

午前二時。所持金は残り少ない。バーテンがシェイカーを振りながらこちらを一瞥した。ここにもそう長くはいられない。

「ねえ、一杯奢ってくれない」

アイラインを濃く引いた女が話しかけてきた。満面に作られた媚笑。娼婦だ。

ユーリはバーテンに合図した。

「同じのを」

女は出されたグラスに手もつけず、

「独り？」

「ああ」

「ここは暑いわ。外に出ない？　いい所を知ってるの」

好都合だ。うまくいけば朝まで過ごす場所を得られるかもしれない。

「楽しめるのか」

「もちろん」

「よし、決まりだ」

女は心得ているといった顔でユーリの腕を取った。

一緒に歩き出そうとしたとき、誰かが女を押しのけてユーリの腕を左右からつかんだ。

「オズノフだな」

私服の警察官だ。客を奪われた女は憤然として抗議しかけたが、すぐに状況を悟り、舌打ちしてその場を離れた。

「来い」

悄然《しょうぜん》とうなだれるふりをして、後頭部で右の男の顔面に頭突きを食らわせた。鼻を押さえて男がよろめく。すかさず左の男のみぞおちに拳を叩き込む。そして人の波を強引にかき分け非常口に向かって走り出した。周囲の悲鳴が店内に渦巻く轟音に飲み込まれる。

非常口から非常階段へ。そして裏通りから路地へ。滅茶苦茶に走った。やがてどこを走っているのか分からなくなった。

気がつくと目の前に白いフェンスが並んでいた。工事現場だ。隙間を見つけて中に入り込んだ。

フェンスの内側に身を寄せてしばらく外の様子を窺う。追ってくる者はいなかった。動悸が静まるのを待って建設中のビルに入り込む。防塵シートに覆われているため中には風がほとんど入ってこない。それだけでも体感温度はかなり違っていた。資材の放置された現場の片隅に断熱材が積み上げられているのを見つけた。一片がちょうど大型のベッドくらいの大きさだった。虫になった気分でその間に潜り込む。なんとかしのげそうだった。

どうしようもなく疲れていたが、押し寄せる寒さと不安ですぐに眠れたものではなかった。

朦朧《もうろう》とした浅い眠りから五時に目覚めた。手足が痺れて感覚がなくなっていた。体の節々も痛んだ。断熱材の合間から這い出し、両手をこすり合わせながら足踏みをした。そしてまた考える。夢の続き。悪夢の続き。悪夢より最悪な現実の続き。そこから脱する方法を。やはり何も思いつかない。一介の刑事でしかない自分が、国家ぐるみの罠に立ち向かう方法など。それどころか、モスクワから脱出することさえ覚束《おぼつか》なかった。

ぐずぐずしていると作業員が出勤してくる。人目につかないよう注意して建設現場を出た。

移動しながら感覚の戻りきらない指で携帯端末を取り出す。バッテリーの残量はごくわずかだ。散々迷った末、ボタンを押した。生きるために自分はすべてを捨てて逃げるしかない。だが最後に一目だけでも会っておきたい。それに訊きたいこともいろいろある。

朝早い時間であるにもかかわらずリーリヤはすぐに出た。電話をずっと待っていたようだった。

〈ユーリ？　心配したわ、今どこにいるの〉

「説明している時間がないんだ、リーリヤ」

〈ニュースで言ってたわ、あなたがレスニクを殺したって〉

「嵌められたんだ。信じてくれ、俺は無実だ」

〈もちろんよ、でも〉

「班長はどこにいる」

〈分からない。一昨日から帰ってないの。携帯もつながらないし。一度だけ連絡があったわ。あなたから電話があっても絶対に出るなって。ねえ、どういうことなの〉

「九時に国立歴史博物館の前で待ってる。一人で来てくれ。誰にも言うな。班長にもだ」

〈いいわ〉

そこで切れた。バッテリーが尽きたのだ。

じっと手の中の携帯を見つめる。

微妙な違和感。最後の〈いいわ〉。ほんの少しだけ間があった。一秒の何十分の一か。

そんなはずはない。そんなはずは。頭を振ってその考えを打ち払う。しかし一度感じた疑念は執拗に胸に食い入って、どうしても拭い去ることができなかった。

八時。ユーリは赤の広場の北東に位置するグム百貨店の屋上にいた。その東端に身を潜め、広場の斜め向かいにある歴史博物館の周辺を窺う。距離は相当あるが見通しがいいので問題はない。露店で売っている観光客用のオペラグラスで充分に用が足りた。

心のどこかに恥じる気持ちがあった。こんなことをしている己を嫌悪した。昨日までの自分なら、絶対に今日の自分を許さない。だがもう昨日ではない。昨日には永遠に帰れない。そんな諦念からくる惰性からか、ユーリは半ば自虐的な気分で自分の勘に従った。

最悪の予感は的中した。口の中に逆流してきた苦いものを感じる。その場に夕べの酒を絶望とともに撒き散らしそうになった。

周辺に配置された男達。散歩する市民や物売り、観光客を装っているが、間違いなく警察官だ。チェーカーかもしれない。隣接するカザン大聖堂の前にもいる。

リーリヤもまた裏切った。自分を警察に売ったのだ。

約束した時間の二十分前にリーリヤが現われた。それで決定的になった。さらに多くの私服が彼女の周辺を固めていた。リーリヤも明らかにそれを承知している。間近にいると気がつかなかったかもしれない。彼らはプロだ。しかしこうして遠距離から俯瞰で見ると、捜査員の配置は明らかだった。

安物のオペラグラスを通してじっとリーリヤの顔を見つめる。自分を売った恋人の顔を。強張ったような横顔。玩具のようなオペラグラスではその表情の意味までは分からなかった。

自分は何を期待していたのか。ただ愛しい女に会いたかっただけか。リーリヤはダムチェンコの妹だ。何か情報が、そしてうまくいけば打開策が得られるのではと淡い望みを抱いていなかったと言い切れるか。その結果がこれだ。リーリャは確かにダムチェンコの妹だった。

保守点検用の梯子を使って、グム百貨店の屋根裏に降りる。十九世紀末に建てられた折衷様式の建物だ。吹き抜けのガラス天井に沿って伸びる屋根裏には入り組んだ狭い空間が走っている。かつてユーリはそこに何日も張り込み、大がかりな窃盗グループを逮捕したことがあった。

複雑な経路を伝って屋根裏から従業員通路に降り、さらに非常階段を使って建物の裏に出た。そしてヴェトシュニ通りから歩いてその場を後にした。

願った通りにリーリャの顔を見た。見たくないと願ったものも。心は乱れ、そして砕けた。もう自分には何も残っていない。

——今は全力で逃げ延びることだけを考えろ。

プリゴジンは言った。だがどうやって？　どこに逃げればいい？

結論は一つだった。他に手は何もない。たった一つの希望。〈あれ〉を希望と呼ぶ日が来ようとは。

レスニクの死にざまが目に浮かんだ。裏切り者や腐敗官僚、国家の上層に蠢《うごめ》く得体の知れない不潔な者どもの都合で、わけも分からずゴミのように始末されるのはまっぴらだ。

　夕方になって、ようやくその場所を見つけた。

　ポヴァルスカヤ通りの裏。生ゴミと濡れた雑巾の匂いが漂う古い低層建物が軒を連ねる一角だった。かつてのコムナルカ（市営共同住宅）を改装したアパートの二階。黄色いペンキの剝げたドアをノックする。

　少し間があって、中からドアが開けられた。

「おまえか」

　訪問者の顔を見て、ゾロトフは心底驚いたようだった。

「助けてほしい」

　ゾロトフはみじめにくたびれ果てたユーリの全身をまじまじと眺め、顎をしゃくった。

「まあ入れよ」

　狭く汚い事務所と台所。だが室温は快適だった。黒いセーターを着たゾロトフはユーリに古びた肘掛け椅子を勧め、自分もウォッカのボトルを持って向かいに座った。

「酷いなりだな。いい男が台無しだ」

　そう言いながらボトルを寄越した。ユーリは無言でじかに酒を呷る。生き返るような心地がした。

「よくここが分かったな」

「前に回数券を送ってきただろう。あの封筒に書いてあった」

ああ、と思い出したように頷くゾロトフに、

「忘れていたのか」

「忘れちゃいない。わざわざ居所を教えてやったんだからな。おまえこそよく覚えてたもんだ」

「物覚えはいい方だ」

「まあ刑事なら当然だろう。おっと、今は元刑事か」

それくらいの皮肉は覚悟していた。

「えらい騒ぎになってるぜ。同僚の警官殺しか。おまえもなかなかやるもんだな」

「俺は殺してない」

「そうだろうな。なにしろおまえは警官の息子だ」

またも皮肉の洗礼だ。

「ダムチェンコはどうした。最も痩せた犬のリーダーだ」

「そのダムチェンコに嵌められた。ダムチェンコと、バララーエフという組織犯罪対策局の男だ」

「へえ、そいつらは一体またなんのためにおまえを嵌めたんだ」

「分からない。それより助けがいる。おまえなら俺をどこかへ逃がせるはずだ」

「最も痩せた犬がヴォルに泣きつくってのか」

「嫌ならいい」

立ち上がってボトルを返す。

「死ぬよりはほんの少しましに思えただけだ。邪魔をしたな」

「待てよ、嫌とは言ってない」

ゾロトフはウォッカを一口含んで黙り込んだ。ユーリは再び腰を下ろした。

改めて室内を見回す。ノートPCの置かれた木製の事務机。黒く煤けた天井。染みの浮き出た壁。奥にもう一部屋。寝室に使っているらしい。

「いい部屋だろう」

ユーリの視線にゾロトフが笑った。

「ここで寝起きしながら商売を始めた。人も何人か使ってる。今はここが俺の城だ。こんな所でも昔は二世帯十人が暮らしてたって言うぜ。俺が独り占めにしてるのは人民に申しわけないくらいだ。それにな」

彼は冗談とも自嘲ともつかぬ口調で続けた。

「おまえも知っているだろう、昔親父と暮らしてたゴミ溜めだ。あそこに比べりゃ、ずいぶんましってもんだぜ」

覚えている。潰れたスーパーの従業員控室。黒い髪の少年はそこで父親に殴られていた。頬に刺青のある父親に。

「条件がある」

ゾロトフが唐突にこちらを見据えた。

「おまえは法からは自由になるが、代わりに俺の法を受け入れるんだ。それを誓うと言うのなら、おまえの命を助けてやろう」

「分かった」

他に答えようがなかった。あったなら最初からここへは来ない。

ゾロトフは満足そうに微笑んだ。失われた少年の日を取り戻したかのような笑みだった。

「今日から俺はおまえにとってのメフィストフェレスだ。いや、今日からじゃない、ずっと前からそうだったのかもしれないな」

メフィストフェレス。確かゲーテの古典に登場する悪魔の名だ。『ファウスト』だったか。以前リーリヤが話してくれたのを思い出した。

「誓うんだな、俺の法に従うと」

念を押すようにゾロトフが再び問うた。答えるしかなかった。

「誓う」

8

ウラジオストクの港に入った老朽貨物船から、中古車が次々と水揚げされる。車種もメーカーもさまざまで、トヨタのハイエースが中心だったが、ホンダや三菱の軽トラックもあった。いずれも日本から密輸された盗難車だ。盗まれたときの状態のままで、車内にはティッシュの箱やぬいぐるみなどの小物類が散乱している。金目のものだけは当然出荷前に抜かれている。定期的に賄賂を配給されている税関職員は、貨物船自体がまるで透明であるかのように振り返りもしない。

作業を監督していたロシア人が、韓国人のブローカーを大声で罵った。何か手違いがあったらしい。真っ赤になった韓国人が相手の胸を小突く。たちまちつかみ合いになった二人を周囲の作業員達が慌てて引き離す。

ある意味では活気に満ちた光景だった。冷たい風の吹きつける港に立って、ユーリはほぼんやりと一部始終を眺めていた。

ロシア人と韓国人のグループは、それぞれ汚い言葉を投げつけ合い、二分後には仲直りの抱擁を交わした。どこまでもエネルギッシュで馬鹿馬鹿しい。すべては最果ての地の日常だ。そして思った。国際犯罪の現場に居合わせながら、なんの興味も持てずにそれを見ている自分はなんなのだろう――

「ユーリ・ミハイロヴィッチ」

ロシア語で呼びかけられ、振り返った。港湾管理施設の方から枯れ木のような老人が歩いてくるのが見えた。黄《ファン》だ。

今にも風で折れそうなくらいに痩せた中国人の老人は、ジャンパーのポケットに両手を突っ込んで寒そうに背中を丸め、

「次の行先が決まった。サハリンで一仕事だ」

「出発は」

「早ければ今夜だ。船が決まり次第出る」

「分かった」

素っ気なく答えてまた荷揚げ作業を眺める。

「今度の仕事はかなりの荒事《あらごと》になる。機甲兵装の方は本当に大丈夫か」

無言で頷く。

ため息をついて管理施設の方に引き返しかけた老人は、なにげない素振りで足を止め、広東語で呟いた。

「嘘をつけ。習いたての初心者が。今度の出入りで死ぬのが落ちだ」

片言の広東語で答えた。

「それならそれで構わない」

黄は歯の抜けた口を開けてにんまりと笑った。

アジアの裏社会と連携しつつあったゾロトフは、中国人犯罪者のネットワークにユーリを託した。中国人はすでに確立されていた人身売買ルートを利用してユーリの身柄を移送した。

ゾロトフの法に従い生きる。それがモスクワ脱出に際しての条件だった。決してゾロトフの手下になるという意味ではない。そのことはゾロトフも認めていた。しかしユーリにとってその誓いは、結果的に途轍もなく重い縛りとなった。あらゆる局面で常にゾロトフを意識して生きていくことを余儀なくされたからだ。

中国人はユーリを賓客として預かったわけではない。ティエーニという裏社会の有望株に対する投資の意味もあったのだろうが、彼らにとってはあくまでもビジネスの一環だ。中国人はユーリに脱出の費用を借金として背負わせた。そして脱出までの中継地点で、ネットワークの別の組織にそれぞれユーリの身柄を借金とともに引き渡した。

カザフスタン経由で一旦国外に出て、モンゴル、中国各地を転々とした挙句、一年後にウラジオストクに流れ着いた頃には、ユーリの借金は膨大なものになっていた。それを返済するため、彼は組織の仕事を手伝わざるを得なかった。生半可な仕事では利子にもならない。当然重大犯罪への荷担を要求される。断る自由はあるが、返済が一秒でも滞ればその場で殺される。恐るべき泥沼に嵌まっていた。

仕事の必要から中国人はユーリに広東語と機甲兵装操縦の習得を迫った。寂れた港の倉庫で、あるいは洋上を往く貨物船の甲板で、ユーリは機甲兵装の操縦法を叩き込まれた。教官は専ら中国人犯罪者。人民解放軍の兵隊崩れもいれば、特警（特殊警察部隊）の元警官もいた。彼らは容赦なくユーリをしごいた。ものにならないと判断されればその時点で見捨てられるおそれがあった。それはすなわち死を意味する。本気で訓練に取り組むしかなかった。実利第一の犯罪者達は、どうやらユーリの素質を認めたようだった。

サハリンに向かう貨物船の船倉で、ユーリは脂染みた毛布にくるまり考えた。もう何度も考えたことを。

一体自分の身に何が起こったのか。なぜこうなってしまったのか。

ダムチェンコとバララーエフが裏切った理由は。ミカチューラ、ジグーリン、レスニクが殺された理由は。

ミカチューラとジグーリンは口封じだとしても、レスニクと自分はただの囮にすぎなかった。ミカチューラを引っ掛けるための餌だ。殺されるような秘密は何も知らない。そのことは誰よりもダムチェンコとバララーエフが承知していたはずだ。

あの日階段ですれ違ったサングラスの男は何者か。ミカチューラのデスクの上にあった折り鶴の意味は。ミカチューラが折ったのか。それともサングラスの男が持ってきたのか。あの羽に、あの紙に記されていたのは本当に武器の製造番号だったのか。レスニクは数字や記号の並びの特徴など、具体的なことは何も言わずに逝ってしまった。

考えれば考えるほど分からなくなる。無限の迷宮、無限の地獄だ。

母はどうしているだろう。警官殺しの汚名を背負い、父の名誉を汚して逃げた息子をどう思っているだろう。小さな狭いキオスクで今も野菜を売っているのか。ちゃんと生計を立てられているのか。

それにリーリヤは。自分を売った最愛の女《ひと》は。

船が揺れた。甘い追憶に逃げかけたユーリを嘲笑い、現実に引き戻そうとするかのように。

ゾロトフを頼ったときは、一旦モスクワを逃れて必ず真相を暴く決意だった。甘かった。逃亡の過程でそんな気力はすぐに雲散霧消した。刑事としての覚悟が力を失ったのも、ゾロトフの呪縛だ。まだかろうじて自覚はできた。しかし痩せ犬の牙はすでに摩耗し尽くして、現実を咀嚼することさえできなかった。

当然だ。自分はついに〈痩せ犬の七ヶ条〉のすべてを知ることがなかった。何もかもが半端に終わった刑事のなり損ないなのだ。

サハリンでの仕事はマフィア抗争の助っ人だった。密漁のカニの利権を巡ってロシア人組織と中国人組織が一触即発の状態となっているらしい。ロシア人組織は国境警備隊の幹部を〈屋根〉にしている。勢力で劣る中国人組織は同胞のネットワークを介して応援を要請した。

——相手は頭数も揃ってる。覚悟しとけよ。おまえにロシアの祖霊の加護があれば生き延びられるかもしれん。なければ死ぬ。墓は建てない。悪く思うな。

さらりと黄《ファン》はそう言った。

──先方は礼金を弾むと言っている。溜まっている利息分くらいにはなるぞ。

黄は最後にユーリの引受人となった〈海《ハイ》〉の組織の男だった。特定の縄張りを持たず、中国人コミュニティに絡むトラブル処理を生業《なりわい》にしている。モスクワから逃げてきた元警官が使えると聞いて預かったのだろう。あちこちの組織に紹介して手数料を稼ぐ肚だ。初陣でユーリが死ねば赤字を抱えることになるが、少なくともサハリンの組織に恩を売れると踏んだのだ。

食い詰めた十数人の男達とともにユジノサハリンスク市街に入ったユーリは、休息する間もなく寄せ集めの部隊に組み込まれた。ほとんどはアジア人だが白人やヒスパニックも混じっていた。誰もが互いに無関心な顔で押し黙っている。最低の世界の諍《いさか》いに国籍は関係ない。金を払ってくれる側につくだけだ。指揮官は人民解放軍の自称元精鋭。つまりはごろつきだ。夜明け前に敵のアジトに奇襲をかけるという。事態は相当に切迫しているようだった。

カニ臭い港湾倉庫にロシア製の第一種機甲兵装『ドモヴォイ』が六機。かなり年季の入った古い機体だ。一応の整備はなされているようだったが、出撃までに最低限のチェックしかできなかった。

六機のドモヴォイはやはりカニの匂いの染みついたトラックに載積され、市内を流れるススヤ川を遡った。ドモヴォイのコクピットでユーリは悪路に揺れるトラックの振動を感じていた。

風のない未明。六台のトラックは二手に分かれ、川沿いに建つ缶詰工場を挟み込む形で配置に就いた。ロシア人組織の全兵力がそこに集結しているということだった。工場に明かりはなく、川辺の闇に沈んでいた。敵はまだ気づいていない。起動前の敵機甲兵装を破壊すれば勝敗は自ずと決する。

トラックの荷台が開放され、武装した男達が河岸に飛び降りる。その後から機甲兵装が関節のロックを外して脚部を伸ばす。ユーリも二対のペダルとレバーを操作して夜明け前の湿った土の上に降り立った。排気音とともに狭苦しい棺桶のようなコクピットが持ち上がる。窮屈なトラックの荷台から出たドモヴォイの全身を、伸びでもするかのように直立させた。シートの背にエンジンの振動を感じる。緊張と恐怖も。機甲兵装での初の実戦だ。ロシアの祖霊の加護などきっと自分にはないだろう。それならそれで構わない。

コクピット内のスピーカーを通して伝わってくるススヤ川の重い水音。闇にまぎれて歩兵が工場を包囲する。機甲兵装は三機ずつの班になって、それぞれ工場の前後にある搬入口に接近した。ユーリは上流側の班だった。

合図を待って突入する。先頭のドモヴォイがシャッターを蹴破って中に入る。闇の奥で銃火と轟音。踏み込んだドモヴォイが弾痕だらけになって停止する。銃火はやまない。左右に広がって接近してくる。

コクピット内で恐慌をきたす。敵機甲兵装はすでに起動して待ち伏せていた。少なくとも数十分前に敵はこちらの接近を察知していたのだ。内通者だ。奇襲作戦は失敗だ。指示はない。通信機から聞こえるのは自称元精鋭の悲鳴だけだ。

背後からも銃声。僚機のドモヴォイがまた一機大破した。モニターに表示される外周の暗視映像。歩兵の男達が壊れた玩具のように呆気なく倒れていく。選択肢はなかった。ユーリは停止した先頭のドモヴォイの陰から工場の中へと飛び込んだ。

絶叫しながらレバーを引き、マニピュレーターに固定した中国製のW85式重機関銃を乱射する。敵が二機沈黙した。残る機影は七。識別装置作動。サブコンソールパネルに表示。敵機種名『フレヴニク』。ドモヴォイと同じロシア製第一種機甲兵装。

頭の中が白熱灯のように白く焼け、そして切れた。すべての思考が吹っ飛んだ。体の動くままに突っ込み、撃ちまくる。装備のW85式はすぐに動作不良を起こした。構わず突進し、W85の銃身を敵機に叩きつける。暗闇の缶詰工場で乱戦になった。

我に返ったとき、戦闘はすでに終わっていた。生きている。勝ったということか。ディスプレイもセンサーも死んでいて状況が分からない。

ハッチを開けて外を見る。払暁の光が倉庫内に射していた。死屍累々。そしてドモヴォイとフレヴニクの残骸。中国人がロシア人の捕虜を一列に並べて射殺していた。勝ったらしい。敵も味方も所詮は同レベルの素人だった。奇襲を予期しながら敵は有利な位置を確保しきれず、無様な混戦となったのだ。敵のフレヴニクは全滅。味方のドモヴォイで生き残ったのはユーリともう一人、吉林省から出稼ぎに来たという男だけだった。彼もまたハッチを開け、コクピットから薄ぼんやりとした顔を突き出して夜明けの缶詰工場を眺めていた。どちらも生き残った理由はただ幸運の一語に尽きた。自称元精鋭は真っ先に死んだらしい。

目の前で静止しているフレヴニクの歪んだハッチの隙間から、幾筋もの血があふれ落ちていた。

それを見たとき初めて悟った——自分は一線を越えたのだと。

今日まで中国人に命じられるまま散々犯罪に荷担してきた。強盗、傷害、恐喝。しかし殺人だけは犯していなかった。

カニの利権を巡る喧嘩とは言え、機甲兵装を投入した戦いに加わったらこうなることは自明であった。それなのに実際に殺すまで想像できなかったとは。自分はもう狂っている。狂犬病に罹って判断力を失い、ただ涎《よだれ》を垂れ流すみじめな犬だ。

足許でゴンと鈍い音がした。見ると地元組織の中国人がトカレフの台尻でドモヴォイの脚部を叩いていた。額から血を流した男は、コクピットのユーリを見上げてにかりと笑った。戦勝を祝おうというのだろう。トカレフを頭上に振り上げて、早く降りてこいと差し招いている。

「金を寄越せ」

ユーリは叫んでいた。勝利の気分に水を差されて男は不快そうに顔をしかめた。

「約束の金だ。早く寄越せ」

獣のように吠えた。金しかない。取り返しのつかないこの状況を補えるもの。自分に対する言いわけを他に思いつかなかった。

中国人達が困惑して顔を見合わせる。露骨に嫌悪を示している者も。怒り出す者も。

金だ。金しかない。早く金を持ってこい。そう繰り返しながらユーリはドモヴォイのコクピットで嗚咽していた。

「初めての戦果にしちゃあ上々だ。てっきり死ぬかと思っていたが」

帰りの船内で黄《ファン》が言った。ユーリは硬いベッドに腰掛け黙っていた。

「聞いたぞ、金を寄越せと機甲兵装の中から叫んでたってな。サハリンの連中はとんだ金の亡者だと言っている。喧嘩に勝たせてやったのに餓鬼か疫病神扱いだ。おまえも何を考えてそんなことを言ったんだ」

答える気にもなれなかった。その顔を見て、黄《ファン》は何かを察したようだった。

長い沈黙の末、老人は痛ましげに呟いた。

「そうだなあ、金しかないなあ」

背を丸め、ため息をついて老人は船室を後にした。しかしドアを閉めながら、彼は実利的にこう言い添えた。

「こうなったら稼ぐしかないなあ。これからもいい仕事をいっぱい持ってきてやるよ」

サハリンの次は択捉《エトロフ》島。その次は国後《クナシリ》島。いずれも同じような密漁や密輸の利権を巡る対立だった。資源採掘プラントの労務現場のいざこざもあった。ロシア人や中国人だけでなく、日本人や朝鮮人の組織も絡んでいた。特に日本の組織は執拗に北の利権に食い入ろうとしていた。彼らとの修羅場を何度も潜り、時には陣営を同じくして戦う。必要から日本にも密入国し、主に北海道や東北地方に長期間滞在して仕事をした。これもまた必要から日本語を覚えた。

「儲けることだけ考えろ」

そう言って黄は節操なくいろんな組織のいろんな仕事を持ってきた。概してしがらみの多い中国人組織の中でも、比較的自由でいられるのが固有の縄張りを持たない〈海《ハイ》〉の組織の特権だった。ユーリは言われるままに仕事を受けるしかなかった。しかし大きすぎる元金の金利がかさんで借金は一向に減らなかった。それもまたゾロトフの罠であり、目に見えぬ彼の法の手綱《たづな》であったのかもしれない。どちらであろうと同じに思えた。どうでもいい。ユーリはもう何も考えなかった。

汚い仕事を散々に手掛けたが、中でも荒っぽい手口の強盗や殴り込みなど、機甲兵装を用いた仕事が多かった。そうした仕事は経験者が優遇される。そもそも訓練経験がなければ機甲兵装を実戦レベルで動かせない。サハリンで生き残ったユーリは強突張《ごうつくば》りの金の亡者という蔑称とともに、腕の方は信頼できるプロフェッショナルという評価を得ていた。

実際に度胸もついた。第一種だけでなく、第二種の操縦方法も身につけた。機甲兵装のコクピットで震えることなく雑念を追い払い、速やかに集中できるようになった。熟練ではない。逃避だ。分かっている。追い払いたいのは刑事の本性だ。過去の一切だ。機甲兵装を動かして忘れられるのなら、いつまでも動かしていよう。鋼鉄の棺桶と揶揄されるコクピットに永遠に閉じこもっていよう。

サハリンとウラジオストクを往き来しながら仕事をしている頃、黄《ファン》のネットワークに頼んでモスクワの様子——シェルビンカ貿易事件関係者のその後について調べてもらった。残してきた母や、その他の気にかかる人々についても。

バラーエフは内務省経済税務犯罪総局次長補佐に、ダムチェンコは刑事警察調整室課長に出世していた。想像した通りだった。

驚いたのは、プリゴジンをはじめ、シャギレフ、ボゴラス、カシーニンのことごとくが昇進、栄転を果たしていたことだった。

何が「班長には俺が必ずわけを訊く」だ。「一班のみんなにも話す」だ。わけを訊き、全員が裏切ったのだ。レスニク殺しの犯人をユーリ・オズノフと認め、知らぬ顔をすることによって栄達の道をつかんだのだ。

モスクワ第九一民警分署刑事捜査分隊ダムチェンコ班。その輝ける日々を思い、ユーリは身を折るようにして慟哭《どうこく》した。悪党どもに怖れられた『最も痩せた犬達』は呆気なく消滅した。現実的と称するのもうそ寒く思えるほど情けない恰好で跡形もなく消え去ったのだ。父の教えは、自分の信じた警察は。すべては世間知らずの若造の夢想にすぎなかったのか。

母のマルカはヴヌコヴォの精神病院で死んでいた。重度の鬱病と診断され、措置入院となって間もなくのことらしい。息子の潔白を信じていたかどうかは分からない。母が精神を病んだのは、息子を陥れた世間に絶望するあまりか。それとも偉大な夫の名誉を汚した息子を恥じるあまりか。

そしてリーリヤは、裕福な実業家と結婚したという。

詩や小説を愛する古本屋の娘が、痩せ犬を容赦なく捨て、一夜にして新富裕層のシンデレラとなる。身も蓋もない、陳腐というよりあまりに即物的な結末だった。それも極めてロシア的な。

すべてが裏切りと不実に満ちている。信じられるものは何もなかった。己自身の魂さえも。それが最も信じるに値しない。腐って堕ちた犯罪者の魂だ。いや、イワンの誇り高き痩せ犬、その誇り自体が虚妄であったのだ。

ペトロパヴロフスク・カムチャツキーでマフィア間の抗争があった。ユーリは勝った方の組織に荷担していた。ホテルのパーティールームを借りきって盛大な戦勝会が催された。黄の義理のある組織で、ユーリも顔を出さざるを得なかった。

地元有力者の挨拶で会は始まった。酒席はすぐに乱れて常軌を逸した狂乱の坩堝《るつぼ》となった。

今のユーリには分かる。ロシア人は誰しも多くの腐敗と不正とを当たり前のように目にして育つ。ウォッカのボトルを前にお行儀よくしているのが不可能なほど、どうしようもない暗黒を抱え込んでいるのだ。だから無頼の徒ならずとも自ずと享楽的になる。法を逸脱した犯罪者の集う最果ての宴席で、しかしユーリは誰とも打ち解けなかった。話しかけてくる者もいなかった。飲むほどに虚無が募る。陰気な顔でグラスを傾けながら、ユーリは初等教育時代の教室を思い出していた。あのとき疎外されていたのはゾロトフだった。ようやく理解する。したり顔で戯《ざ》れ言をほざいた警官気取りの子供の無知、愚かさ、許し難い傲慢を。

その仕事はごく簡単なもののはずだった。

ナホトカはイルクーツク州アンガルスクからの原油供給パイプラインの終着地点である。新たに建設された石油関連施設の特需ラッシュで利権目当ての犯罪組織が数多く流入し、開発がほぼ終了した今もほとんどがそのまま居着いて勢力争いを続けている。中でも大きな顔をしているタタール人組織の幹部を脅し、陸運ターミナル建設事業の入札から手を引かせるというのが地元華僑から依頼された仕事であった。

――この仕事は俺の仕切りだ、間違いはねえ。

そう言ったのは、〈海《ハイ》〉とは友好関係にある組織の男で、有力幹部の息子だった。彼と彼の取り巻き三人。それに護衛役のユーリを加えた五人がナホトカ入りした顔ぶれだった。

――タタール人の組織なんてたかが知れてる。さっさと片付けようぜ。

馬鹿息子は相手の組織を侮《あなど》り、ことあるごとに自分の能力を誇示しようとした。彼の情報とプランの詰めの甘さにユーリは最初から危険な兆候を感じていた。しかし馬鹿息子は慎重を促すユーリの助言には耳を貸そうともしなかった。

案の定、散々な結果に終わった。目的の男を拉致しようと情婦と二人きりでいるはずのペンションに乗り込んでみたら、待ち受けていたのは屈強な手下達だった。馬鹿息子の情報屋がすべて敵側に知らせていたのだ。派手な銃撃戦となった。馬鹿息子と取り巻きの一人が死んだ。残る三人はほうほうの体《てい》で逃げ出した。主要な幹線道路はすでに押さえられており、ナホトカからの脱出も容易ではなかった。盗んだ車で裏道を突っ走っていたとき、タタール人組織が配備した見張りの一隊に見つかった。追ってくる三台をなんとか振り切って逃げ延びたが、ユーリは背中に二発弾を食らった。

〈海〉の所有する貨物船の船底でユーリは何日も高熱にうなされた。その耳許に、彼の処遇を協議する幹部達の声が聞こえてきた。

——殺してしまえ。

まずそんな意見が優勢だった。有力者の息子を守りきれずに死なせてしまった、ユーリの責任を問うものだった。父親の有力者は激怒しているらしい。友好的な関係を保つためにはそれくらいの配慮は必要だろう。ユーリは朦朧としながら聞いていた。

——薬代も馬鹿にならない、早く船から放り出せ。

重傷の身に注がれる無慈悲な視線が感じられた。

——たとえ持ち直したとしても、この先こいつは使い物になるかどうか。

それもまた当然の趨勢《すうせい》だった。切れ味の鈍った道具を手許に置いておく理由はない。道具というより質草か。

——そろそろ売るか。

——ああ、潮時だ。傷物だから値は下がるが、ケチのついた疫病神だ。早く余所《よそ》の誰かにつかませろ。

そこへ別の声が割って入った。

——待て待て。そいつはちっとばかり気が早い。

黄《ファン》だった。

――あんたらしくないじゃないか。

誰かが訊いた。ユーリもまた途切れがちな意識の隅でそう思った。

――まだまだ売るには早いってだけさ。こいつはもっと金になる。俺の目に狂いはない。

――だがこいつを生かしておいたらけじめがつかない。護衛が役目も忘れて自分だけ逃げてきたんだぜ。

――構うもんか。どうせ馬鹿息子の不始末だ。向こうには見舞金を出せって言いたいくらいだ。親も息子の出来くらい知ってるよ。因縁吹っかけてくるような分からない相手じゃない。義理より金だ。儲けることだけ考えろ。まあ、この老いぼれに任せてくれよ。

銭勘定に関する黄の見立ての正確さは誰しもが認めている。長老格でもある彼の発言は大きかった。

ユーリの処分は保留となった。

一度は化膿した傷だったが、幸いそれ以上には悪化することなく快方に向かった。二週間後、ユーリは甲板に上がり、自力で包帯を取り替えた。久々の陽光と潮風が肌に沁み入るようだった。

甲板上では他に何人かの船員が思い思いの恰好で寛いでいた。彼らから少し離れた場所に座り込み、しばし外気を堪能していると、黄《ファン》が後ろから声をかけてきた。

「だいぶよくなったみたいじゃないか」

上天気の洋上でも黄は寒そうにジャンパーの背を丸めていた。歯の抜けた口が左右に大きく広がっている。狷介《けんかい》にも無邪気にも見える笑顔だった。

思いついて訊いてみた。

「どうして俺を助けた」

「助けたわけじゃない。売るのは損だと言っただけさ」

日本海の陽光の下、眩しそうに目をすがめながら黄は答えた。

「どう違うんだ」

「そんなことより儲けることだけ考えろ。おまえには早く傷を治して一銭でも多く稼いでもらわんとな。そうでなきゃ売るなと言った俺の顔が立たん。黄の奴も耄碌《もうろく》したって笑われちまう」

飄々《ひょうひょう》としたその言いように、ユーリはどう返していいか分からなかった。

「そうだ」

ふと思い出したように、黄はジャンパーのポケットからラップにくるまれたボールのようなものを取り出し、ユーリに向かって差し出した。

饅頭《まんじゅう》だった。

怪訝そうに視線を上げたユーリに、黄はすっとぼけた顔で言った。

「食えよ。具は鱶《ふか》だ。精がつくぞ」

その笑顔の愛嬌に、思わず饅頭を受け取っていた。

黄は大きく頷いて去った。ユーリは無言で丸い小さな背中を見送った。その一部始終を眺めていた船員の一人が声を上げた。

「たまげたな。あの爺さんが誰かに食い物を勧めるとこなんて初めて見たぜ」

そうだ、俺もだ、あの因業な爺さんらしくねえ——誰もが口々にそう言った。

「俺は前にも見たことがある。もう何十年も前だがな」

中の一人が、ため息をついて語った。

「爺さんは——もちろん今よりずっと若くてまだ爺さんじゃなかったが——十かそこらのガキに饅頭を食わせていた。俺はたまたま側で見てたんだ。ガキは爺さんの一人息子だった。その後すぐに死んじまったけどよ」

黄に息子がいたという話自体を、ほとんどの者が初めて聞いたようだった。

もちろんユーリも初耳だった。思えば黄は、自らについて誰かに語ることは決してなかった。たとえ訊かれたとしても、曖昧にこう言うばかりであったろう——そんなことより儲けることだけ考えろ。

サハリンの安ホテルで、風邪を引いたと言って寝込んでいた黄《ファン》が死んだ。肺炎だった。呆気ない死であり、死に顔だった。彼の身の回りの品は海に捨てられ、わずかな財産は組織が引き継いだ。

黄の死によって変わったことは何一つなかった。借金返済のため、ユーリは自分で仕事を取るようになった。仲介手数料を引かれない分、報酬は多く手に入ったが、恒常的に仕事を得るのは簡単ではなかった。強欲な老人が側にいてくれたありがたみを少しは感じた。

仕事は淡々とこなした。何も考えず。ゴミ箱をあさる野良犬のように。誇りなどない。初めからなかった。

黄が死んでから一年後、サハリンにいたユーリの元を訪ねてきた者がいた。

ゾロトフだった。

連絡を受け指定されたホテルに足を運んだ。豪勢とは言えないホテルの、一番いい部屋に泊まっていた。中に入ると、ゾロトフは何かぎょっとしたようだった。ものも言わず、まじまじとユーリを見つめている。

ユーリも久々に再会した相手を観察する。

雲上人のオリガルヒのような金のかかった身なり。それでいて光り物のアクセサリーなどは一切つけない趣味のよさ。目の覚めるような男振りだった。彼が武器密売商としてモスクワで頭角を現わしていることは風の噂に聞いていた。

「本当に腐っちまったんだな」

ややあって、ゾロトフは心から嘆息するように漏らした。

「警官なんて元から腐ってるようなもんだが……それにしても今になってまたその顔を目にしようとはな。懐かしいが、吐き気がする」

意味が分からず黙っていると、ゾロトフは背後に控えた部下に命じた。

「こいつに鏡を見せてやれ」

二人の部下がユーリを壁際まで引っ張っていき、彼の顔を荒々しく鏡に押しつけた。

「放せ」

身をよじって彼らの手を振り払う。そのとき、鏡の中にゾロトフの父の顔が見えた。

愕然として立ちすくむ。

ああ……なんてことだ……

無論ネストルではない。自分の顔だ。頬に刺青こそないが、みじめで虚ろに落ち窪んだ形相は、かつて見たゾロトフの父のものだった。

顔自体は決して似ていない。それどころかまったく違う。にもかかわらず、ゾロトフの父と同じ負け犬の卑屈さを顔に貼りつけていた。

なんてことだ……自分は父のような警察官になれなかっただけじゃない、ゾロトフの父のような唾棄《だき》すべき男になってしまった……

「おまえを自由にしてやる。俺の法からの自由だ」

そう宣言したゾロトフの口調にはなぜか失望のようなものが滲んでいた。黒い長髪のヴォルは一体自分に何を期待していたというのか。

「これからは勝手に生きるんだな。俺の掌ではなく、このゴミ溜めで」

それは彼自身にとっても意外な心境のようだった。

「ただし、契約解除の印はつけさせてもらうぜ」

「印だと」

「ああ、嫌とは言わせない」

何ヶ所かに電話した後、ゾロトフはその場から有無を言わさずユーリをユジノサハリンスク市内にあるヌード劇場の楽屋に連れていった。

そこではジャージ姿の男がタトゥーマシンを用意して待っていた。

「お人好しのメフィストフェレスが好意で契約を破棄してやるんだ。落とし前だけはつけさせてもらうぜ」

ゾロトフの部下が左右からユーリの肩を押さえつけようとする。

「そんな必要はない」

部下を制してゾロトフが嗤った。

「契約はまだ有効だ。こいつは黙って腹を見せる。そうだよな、〈灯火《アガニョーク》〉」

「アガニョーク？」

「そうだ、ヴォルでもないおまえが刺青を入れるんだ。通り名《クリクハ》があってもいいだろう」

ゾロトフはユーリの左の手首をつかみ、

「ここがいい、掌だ」

意志を失ったようにユーリはその左手を差し出す。

違う、これは自分の意志だ、ゾロトフの呪縛からようやく解放されるのだ——

彫り師の男がゾロトフを振り仰いだ。

「下絵は入れなくていいんですか、ティエーニ」

「構わん。腕がいいと聞いてきたんだ。おまえなら下絵なしでもすぐに彫れるだろう。伝えた通りの絵柄ならなんでもいい」

彫り師は頷いてユーリの掌にタトゥーマシンのニードルを近づける。

「警官の息子とヴォルの息子か。昔からおまえは俺の影だった。俺がおまえの影だったかもしれない」

ゾロトフが述懐めいたことを口にした。しみじみと二人の過去を振り返るように。

「どっちでもいいさ。俺が〈影《ティエーニ》〉ならおまえは〈灯火《アガニョーク》〉に決まってる。今はもう消えかかった灯火だがな。名誉に思え。今日からおまえはアガニョークだ」

マチュニンの学生切符。人生で最初の賄賂。いつの間にか失くしてしまった。自宅をくまなく捜せば見つかったかもしれない。だがもう自分の家はない。父母と暮らしたあの狭く暖かい集合住宅は。

ニードルの先端がユーリの肌を射す。激痛が走った。

学生切符の在処《ありか》を考えて、口から漏れそうになる悲鳴を押し殺した。

9

歳月は流れた。数年にも数十年にも思える時間。実際は何年だったろうか。厳密な時間の量に意味はなかった。死んだ時間はすべて無意味だ。

ハバロフスク、マカオ、大連、天津、青島《チンタオ》——極東からアジア全域へ。年月とともにユーリの活動範囲は広がった。腕の立つ男という評判も。死んだ黄《ファン》に似て金に汚い元警官という悪名も。

自由にしてやるとゾロトフは言った。だが自由にはなれなかった。

サハリンで掌に刺青を入れさせたゾロトフは、仕上がりを確認するとユーリの前から姿を消した。しかしユーリの心からは消えなかった。狂おしい敗北感となってユーリを打ちのめした。それが契約破棄の甘い言葉に隠されたメフィストフェレスの真意であったかのように。

中国人からの借金はそのままだが、ゾロトフの法に従って生きる必要はすでにない。またこれまでもゾロトフに何かをしろと命じられていたわけではない。だがユーリはもう真っ当な生活には戻れなかったし、そんな意志も気力も失っていた。警察官としての規範を見失った空白の心に、代わってゾロトフの法が沁み込んでいた。それは掟にしがみつくヴォルのようでもあり、失われた飼い主のルールを愚直に守り続ける飼い犬のようでもあった。

借金はかなりの額に膨れ上がっていた。元々そうなる仕組みであったのだ。利息分を返すだけでも精一杯だった。仕事を選ぶ余裕さえなかった。

すべてを捨てて逃げ出そうかと何度も思った。できなかった。組織のネットワークから逃げ切るのは不可能であったし、また心の何かが逃亡を妨げていた。それがつまりはゾロトフの法の呪縛であったのだ。

そのうち〈海《ハイ》〉の組織でボスの代替わりに伴う方針の変更があった。黄《ファン》の甥を名乗る男がやってきて、ビジネスライクに返済計画の変更を要求した。

「世の中、不景気なんだよ。裏も表も」

その男は言った。

「叔父貴はあんたに甘かったようだが、これからはそうはいかない。ウチも会社になったんだ。金利も上げさせてもらう。悪く思わないでほしい。あんたのためにも順調な返済を祈ってるよ」


時折夢に思い出す。

数字の羅列の刺青を紙の羽に負った鶴。階段をゆっくりと降りてくる茶色のサングラスの男。頭から血を流して死んでいた相棒。北カフカスのウォッカの黒いボトル。『七人の侍』。そしてマチュニンの学生切符。団地のゴミ捨て場に投げ込んだ。いや、捨ててはいない。マチュニンの買った本物も、ゾロトフのすり替えた偽物も。

悪夢以外の夢は見ない。鮮明であったはずのリーリヤの笑顔は、いつのまにかぼやけて思い出せなくなった。酒のせいかもしれない。近頃めっきり量が増えた。

酒を飲むときも黒い革手袋は決して脱がない。眠るときも。そしておそらくは死ぬときも。

上海、釜山《プサン》、仁川《インチョン》、ハノイ、バンコク——〈得意先〉はさらに広がった。

その頃ユーリは台湾に拠点を置いていた。

台北市南部、出稼ぎのフィリピン人やミャンマー人らが密集して暮らす地域。明らかに建築法を無視した建物に商法を無視した会社が群がるように棲息している。その中にあるビルの地下に、ユーリは一人で部屋を借りていた。

薄汚れた洗面台の前で手袋を脱ぎ、一日に何度も手を洗う。左手の黒い犬が水に濡れ、一層情けない顔を晒す。耐えられない。嗚咽をこらえて曇った鏡を見る。歳より老けた死人のような顔。ネストル・ゾロトフ。負け犬のヴォル。〈警官気取り〉の警官の息子はもうどこにもいない。運命が入れ替わった。メフィストフェレスは今や輝ける陽を浴びて、哀れファウストは魂を失い陽の当たらぬ地下に囚われる。

涎を垂らして打ちひしがれる黒い犬。ネストルの頬に棲んでいた骸骨女が、黒犬に姿を変えて自分の左手に乗り移ったようにも感じる。掌に刻まれた忌まわしい刺青を心の底から忌み嫌いながら、しかし除去手術はどうしてもする気になれなかった。ゾロトフの法に反する気がしたからだ。それこそが呪縛であるとも思うし、最後の矜持のようにも思う。そうした手段で手の中の犬を消すことは、自分をよりみじめに貶《おとし》めるだけだと確信していた。


仕事のないときは、何もない地下の部屋で一人椅子に座っている。何十分も、何時間も。考え事ではない。考え出すと気が狂う。もう何も考えない。考える気力もない。抜け殻だ。ゾロトフも呆れて見放すはずだ。

借金の返済日が迫っていた。金はない。先月ベトナムで大仕事を済ませたところだが、入金はなかった。依頼者の組織が摘発されたのだ。利息だけでも入れねば殺される。しかしもう打つ手はない。どん底で、どん詰まりだ。

静寂の中に水の滴る音。どこかで配水管が壊れているらしい。このビルではしょっちゅうだ。漏水とあふれた生ゴミ。ネズミと黴。住人は誰も気にしない。

酷い環境だが、あのゴミ溜めよりましだ。ゾロトフが父親と住んでいた廃墟の従業員室。死を間近に控えてそんなことを思う自分は、やはりゾロトフの法から逃れられずにいるのだろう。

ぽたり、ぽたりという微かな音が今日はやたらと耳につく。どうにも神経をかき乱す。

黄《ファン》に聞いた話を思い出した。中国には囚人の額に水を一滴ずつ落とし続ける拷問があると。これをやられると、どんなに強靭な精神の持ち主であっても例外なく発狂するそうだ。中国ではなく東欧の拷問だったか。それともKGBだったか——

ノックの音がした。

椅子に座ったままぼんやりと考える——組織の集金人か、あるいは始末屋か。いずれにしても来るには少々早すぎる。

再びノックの音。応じる前に、見知らぬ男が入ってきた。鍵は掛けてあったはずなのに。どん底の陋屋《ろうおく》にはあまりに不似合いな、洒落たスーツに眼鏡の男だった。中国人か、日本人か。

「アポイントメントなしで申しわけない。少し君と話したいことがあってきた。私は日本外務省の沖津旬一郎という者だ」

男は端正なロシア語で名乗った。ユーリは少し意外に思った。官僚ならどこの国の人間でもすぐに分かるが、目の前にいる男の匂いはユーリの知るものと少し違っていたからだ。

もっとも、単に鼻が鈍っただけなのかもしれなかったが。あるいはそれも単なる驕《おご》りで、自分にはもともと大した嗅覚などなかったのかもしれない。相手の物腰はそれほど優雅で、不敵なまでに落ち着き払ったものだった。

いずれにしてもこの場所を一体誰に聞いてきたのだろう。極めつけの犯罪者でも直接ここを訪れる者は滅多にいない。

「ユーリ・ミハイロヴィッチ・オズノフ。実は私が担当する案件に君のことが引っ掛かってきてね。少し調べさせてもらったよ」

興味もない。ユーリは黙って聞いていた。

「こう言ってはなんだが、シェルビンカ貿易の件は実に面白い。ロシア型でっち上げの典型だ。外交でも内政でもロシアはよくこういう無茶を平気でやる。君は無実だ、ユーリ・ミハイロヴィッチ。君は上司のダムチェンコとバララーエフに嵌められた。事件の全貌は不明だが、少なくとも君が無実であることだけははっきりしている。その証拠を私はいくつか入手した」

ユーリは初めて顔を上げた。

「例えばカルル・レスニクが殺されたマンションの防犯カメラだ。残念ながら地下駐車場のカメラに犯人は映っていないが、殺害の瞬間、君は七階のカメラに映っている」

沖津はそこで苦笑いを浮かべて付け加えた。

「念のために言っておくが、入手方法は訊かないでくれよ」

「それで」

「日本政府は君の指名手配を取り下げるようロシア当局に働きかける用意がある。もちろん非公式なものだがね。形式的にはメインの交渉は他の案件で、君の件は副次的な交換条件の一つとして切り出される」

官僚は信用できない。どこの国の官僚であってもだ。

しかし訊かずにはいられなかった。

「何が狙いだ」

沖津と名乗った官僚は、ランチに誘うような気軽な口調で言った。

「日本の警察官になる気はないかね」

本書は、二〇一二年九月にハヤカワ・ミステリワールド
から刊行された作品を二分冊で文庫化したものです。

機龍警察　火宅

月村了衛

最新型特殊装備〝龍機兵〟を擁する警視庁特捜部は、警察内部の偏見に抗いつつ国際情勢のボーダーレス化と共に変容する犯罪に立ち向かう——由起谷主任が死の床にある元上司の秘密に迫る表題作、特捜部入り前のライザの彷徨を描く「済度」など全八篇を収録した、二〇一〇年代最高のミステリ・シリーズ初の短篇集

開かせていただき光栄です

—DILATED TO MEET YOU—

皆川博子

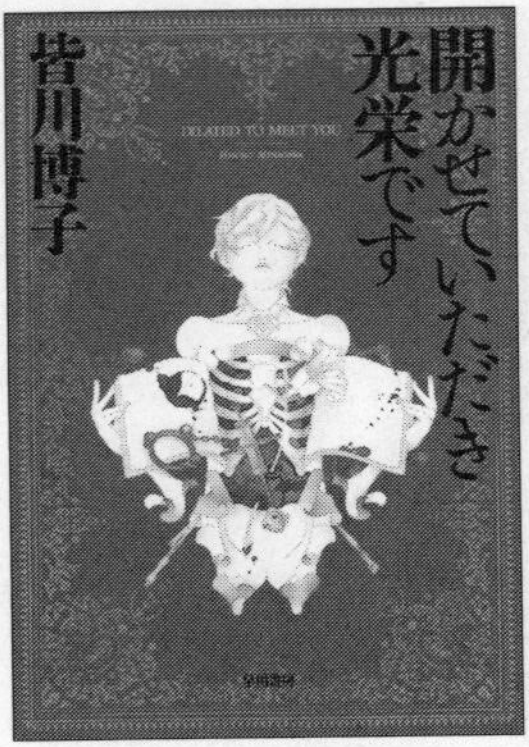

本格ミステリ大賞受賞作

十八世紀ロンドン。外科医ダニエルの解剖教室からあるはずのない屍体が発見された。四肢を切断された少年と顔を潰された男。戸惑うダニエルと弟子たちに盲目の治安判事は捜査協力を要請する。だが事件の背後には詩人志望の少年が辿った恐るべき運命が……前日譚短篇と解剖ソングの楽譜を併録。**解説／有栖川有栖**

ハヤカワ文庫

著者略歴　1963年生，早稲田大学第一文学部卒，作家　著書『機龍警察〔完全版〕』『機龍警察　自爆条項〔完全版〕』（日本SF大賞）『機龍警察　狼眼殺手』（以上早川書房刊），『コルトM1851残月』（大藪春彦賞）『土漠の花』（日本推理作家協会賞）『欺す衆生』（山田風太郎賞）他多数

HM=Hayakawa Mystery
SF=Science Fiction
JA=Japanese Author
NV=Novel
NF=Nonfiction
FT=Fantasy

機龍警察《きりゅうけいさつ》　暗黒市場《あんこくしじょう》

〔上〕

〈JA1459〉

二〇二〇年十二月十日　印刷
二〇二〇年十二月十五日　発行
（定価はカバーに表示してあります）

著者　月《つき》村《むら》了《りょう》衛《え》
発行者　早川浩
印刷者　大柴正明
発行所　株式会社　早川書房
郵便番号　一〇一 - 〇〇四六
東京都千代田区神田多町二ノ二
電話　〇三 - 三二五二 - 三一一一
振替　〇〇一六〇 - 三 - 四七七九九
https://www.hayakawa-online.co.jp

乱丁・落丁本は小社制作部宛お送り下さい。送料小社負担にてお取りかえいたします。

印刷・株式会社亨有堂印刷所　製本・株式会社明光社

ISBN978-4-15-031459-0 C0193

本書は活字が大きく読みやすい〈トールサイズ〉です。